文春文庫

溺レる

川上弘美

文藝春秋

目次

溺レる

さやさや

うまい蝦蛄《しゃこ》食いにいきましょうとメザキさんに言われて、ついていった。

えびみたいな虫みたいな色も冴えない、そういう食べ物だと思っていたが、連れていかれた店の蝦蛄がめっぽう美味だった。殻のついたままの蝦蛄をさっとゆがいて、殻つきのまま供す。熱い熱いと言いながら殻を剝いて、ほの甘い身を醬油もつけずに食べる。それで、というのでもないが、時間をすごした。帰れなくなった。気がつくと、電車どころか車もろくに通っていないような場所で、一軒だけある当の蝦蛄を食べさせる店がしまってからは、道沿いをいくら行ってもなにもない。ところどころに電信柱があるのがかえって暗さを増す、そんなような道だった。今にも馬か牛がぬっと出てきそうな茂みや林があちらこちらにかたまっている、そんなような道だった。

しょうことなく、メザキさんと並んで、いくら行っても太くもならないし細くもならない道を、長く歩いた。

メザキさんの年齢は知らない。

何歳もとしうえらしく思われる。同じくらいの年齢にも思われる。メザキさんが喋ることは、某町で見た火噴きの大道芸人の顔が自分のひいひいじいさんに似ているだの、以前からの知り合いが原因不明の病にふせったと思ったらある日前ぶれもなく顔相が変わってそれを境に病も癒え性格も篤実になってまるで別人のようになっただの、埒《らち》もないことである。埒もないことを、ゆっくりと面白げに喋る。

どこぞの会合で出会い、以来なにかと同じ場所に居合わせる。大勢の中に混じって言葉をかわしあうこともあったし、居ることだけを知ってそのまま離れていることもあった。そのうちにメザキさんが例のゆっくりとした面白げな話をいくらでも喋ってくれるようになり、会えば近くに寄るようになった。ただし二人きりで会ったのは、蝦蛄を食べに行ったときが初めてである。それだって、しめしあわせて会ったのではない、何回めになるのかまたも居合わせた場所で、メザキさんがふと蝦蛄を、と思いついたのである。

メザキさんに蝦蛄の店に連れていかれた時分は、ずいぶん刻限が遅かったのかもしれない。すでに多く飲み食いしていて、記憶がなくなるというのではないが、時間の流れかたが速くなったり遅くなったりしてそのうちになにがなんだかわからなくなる、そのような時分だった。メザキさんの腰がゆらゆらと上下に揺れながら、先をゆく。蝦蛄だ蝦蛄だと思いながら、こちらも左右に揺れたりなんかして、ついてゆく。入った店は、主人が一人若いお運びが一人の、小さな店だった。メザキさんは、ぱさ、と聞こえるような軽い音をたて、主人と向かい合う位置になる席に座った。顔なじみというわけでもないらしい、顔なじみでもことさら馴れ馴れしくしない店なのかもしれない。蝦蛄ください、酒も、あと漬物かなにか。主人に向かって言い、それからこちらに向きなおってメザキさんは眉をしかめるようにして笑った。眉をしかめて笑うのは、メザキさんの癖である。

サクラさん、あなたなまたまご掻くときどんなふうにしますか。蝦蛄の殻を剝く合間にメザキさんは訊ねたりした。殻を剝く間は無口になる。もともと喋りづめに喋るというものでもなかったが、蝦蛄の殻は刺が多くて難儀なのでますます喋らなくなる。

なまたまご。なまたまご、昔は食べられなかったです。答えてから、同居していた独身の叔父がしばしばたまごに穴をあけて吸っていたことを思い出した。夜中台所に水を飲みにいったりすると、叔父が流しの前に立ってたまごを吸っていた。四十過ぎても独身で、何回か見合いもしたがまとまらなかった。サクラちゃん肩車してやるよ。そう言って小学生の私を広い肩に乗せ、仏間の中をぐるぐる歩きまわった。鴨居に祖父母曾祖父母の写真が飾ってある、その額に顔が近くなるのがおそろしかった。おりたいと思っても、言いだせなかった。叔父はいつまでも肩車をやめなかった。しまいに、サクラちゃんそろそろやめるか、ようやく言われて、まだ肩車されていたいのにしぶしぶというふりで肩からおろされた。叔父は仕事もさだまらず、しかし四十五過ぎてから十ほど としうえのひとと添い、それからは家を訪ねてくることも少なくなった。水郷のあたりで今は夫婦して釣り宿の住み込みをしているらしい。メザキさんはなまたまご、好きですか。穴あけてじかに吸ったりしますか。

なまたまごはね、割ったら白身だけまず掻くんですよ。こまかな泡いっぱいになるまで、白身を、こうね。右手で箸を素早く廻す手振りをしてみせてから、メザキさんは蝦蛄を口にほうりこんだ。酒をくいくい飲んだ。白身がよくほぐれたら、黄身も掻く。ぜんたいが水みたくなるように均一にまぜるんですよ。そこに醤油をちょっとたらしてね。

蝦蛄の殻がうずたかくなり、そろそろ剝くほうの蝦蛄が少なくなってきたところで、メザキさんは顔を寄せてきた。リクラさんなまたまごじかに吸ったりするんですか。言われてみれば吸いそうなかんじもするなあ、サクラさん吸うんですか、ほうほう。

吸いません。吸いませんよ。幾度でも、吸うんですかほう、吸いませんよ、のやりとりを繰り返すようになって、すると空の徳利が何本も立っていた。そろそろ閉店ですと主人に言われ、それでもしばらくぐずぐずと飲んでいて、暖簾がしまわれ火が落とされ水まわりが磨かれるころにやっと二人で腰をあげた。外に出ると電信柱ばかりがつづく道で、月が高くまるくあった。

歩きましょうか。なにもないですね。言いながら、メザキさんは店に来たときと同じように、腰を揺らして半歩先をゆく。電信柱の下にさしかかると、メザキさんの影が、最初はメザキさんのうしろに次には前にできた。淡い光の円を抜けると、影はそのまま闇の中ににじみこんでしまう。メザキさんの影もメザキさんと同じく腰を揺らしていた。

サクラさんぼくは少しこわい。しばらくするとメザキさんは言って並びにきた。暗いのはこわいです。以前は暗いところになにかがいそうで、こわかった。今は暗いところになにもいないのが、こわい。メザキさんの息が頰にあたった。喋るときに顔を寄せてくるのもメザキさんの癖なのか。最初にメザキさんに会ったとき、あまり好きな型のひとではないと決めたことを思い出した。一度は決めたが、メザキさんに面白げな話をたびたび聞かされるうちに、あいまいになった。メザキさんの息は小さな犬みたいに湿っていて甘かった。暗いところはどこまで行っても暗いだけなのが、こわいのです。サクラさんはこわくないですか。

とくに。とくにこわくないです。私がこわいのは。そこまで言って、こわいものが何だったか忘れてしまっていることに気がついた。喉もとまであがってきていたが、思い出せなかった。遠いところで犬が鳴いた。一匹が鳴きはじめると数匹が答えるように遠吠えする。飼い犬ではないのかもしれない。犬ではない、なんだかわからぬ野の生きものなのかもしれない。遠吠えが終わると蛙の声が始まる。道の両脇からぐわぐわと湧いてくる。手をのばせば摑めそうなくらい近い声である。

小さいくせに蛙は大声ですね。人間があれだけの大声だったらたいへんだ。笑いながら、メザキさんが手を握ってきた。メザキさんの手があたたかいので、自分の手がつめたいことがわかった。いつも手や背や額がつめたい。メザキさん、まだこわいですか。

手にぎると少しはこわいの、なくなりますか。

　メザキさんがまた笑った。喉の奥でくくくと土鈴が響くような笑い声である。人家もなくなり電信柱も稀になったが、道は途切れない。正面の闇の中に山が見えるような気もするが、錯覚かもしれない。メザキさん、ここどこなんですか。ここね。ぼくもさっきから考えてるんですよ。考えるが、わからない。どうやってここまで来たんだっけか。

　迷子になったことがあった。くだんの叔父に連れられて競馬場に行ったのである。駅から入場口へと大勢のひとが流れていた。帰ろうとするひとは一人もいなかった。どのひとも競馬場をめざしていた。何レースか終わったころ退屈になった。叔父の白いシャツの裾を引いてみたが、叔父はなにやら大きな声で叫んでいて、振り向きもしなかった。階段を上がったり下りたりしているうちに、どこにいるのかわからなくなった。座席はどれも同じに見える。叔父に似たひともたくさんいる。叔父だと思って寄っていくと、シャツが茶色だったり帽子をかぶっていたりする。馬が走りはじめると、ぶわあ、と鳴っていた場内の音が静まり、そのうちにまた音が高まった。いくら捜しても叔父に会わなかった。階段をどんどんのぼっていくとエスカレーターがあらわれて、乗るとひろびろした場所に着いた。敷いてある絨毯の上をひとびとが土足で歩いていた。おでんだのとうもろこしだのでなく、白い皿に盛られたカレーライスやハンバーグが給仕によって運ばれていた。叔父さんはどこですか。小さな声で言ったが、誰も関心を示さなかった。馬はずっと下の方で、何回でも同じ場所をぐるぐるまわっている。地上で鳴っている音がかすかなざわめきにしか聞こえない。叔父さんはどこ。叔父さんは。

電車で来たんですよ。支線に乗り換えて。乗換駅は海辺の駅でした。メザキさんに教えてあげた。どうやってその後叔父に会えたのかさだかでないが、次の記憶は叔父と一緒に競馬場から駅まで歩いているところである。行きと反対で、競馬場に向かうひとは一人もいなかった。どのひとも駅をめざしていた。道に紙くずがたくさん落ちていて、叔父は黙って半歩先を歩いた。叔父の腰はメザキさんのようには揺れなかった。ベルトに載って運ばれてゆく工場の部品のように、同じ高さを保ったまま叔父の腰は一直線に駅へと向かった。

海辺の駅か。それならここは海辺かな。でも潮の匂いがしないですね。メザキさんが握る手に少しだけ力をこめた。こわがっているのだろうか、このひとは。そう思ってメザキさんを見上げたが、暗くて表情がよめない。こわがって女の手を握る男を面白いと思った。ここに居るのが自分という女だから握っているのか。ここに居るのが駱駝かなにかだったらこの男は駱駝の瘤に抱きついたりするのか。メザキさんならば駱駝の瘤にも抱きつくだろうと思われた。その駱駝がメザキさんを振り落とそうとしたならばどうするのだろうか。振り落とされて、ぼうぜんと道に座りこんでいるだろうと思われた。しかし駱駝のようにメザキさんの手を振りほどいたりはしなかった。

支線は山の方に向かってたから。海からは遠ざかったかもしれない、メザキさん、これからどうするの。叔父の部屋には、さまざまながらくたが置いてあった。入れ子のように重なるステンレス製の大小さまざまな鍋、色とりどりの毛鉤、ビニールの袋に詰められた薬草、ばねばかり、中身のわからぬずっしりと重い布袋。商売ものだからさわっちゃいかんよ、叔父はいつも言い、しかしどのがらくたも何年たっても部屋に置かれたままだった。薄い埃が鍋やばねばかりの上に積もり、『バカマヌケ』などと指で埃の上にいたずら書きをしても、叔父はいっこうに気がつかなかった。

どうしましょうか、サクラさん。あんまり持ち合わせもないんだよ、ぼくは。言いながら、メザキさんは空を見上げた。暗さに目が慣れてきて、メザキさんの表情が見えるようになった。うっとりした顔で、メザキさんは空を眺めていた。目玉が大きいので、うっとりして見えるだけかもしれない。口をはんぶん開いて、空を見上げていた。飛行機のものらしい光が点滅しながら夜空を渡ってゆく。星や月は縫い付けられたもののように動かないが、歩きはじめたときにくらべると星も月もたしかに位置を変えていた。いつの間に移動したものやら。

お金なら少しはあるけど、車も通らないいし、いま何時、メザキさん。メザキさんは時計を持っていなかった。二人とも時計を持っていなかった。蛙の鳴き声は変わらず聞こえている。ぐわぐわ。メザキさんが蛙の声を真似した。くわくわ。一緒に真似してみた。しばらく二人してぐわぐわくわくわと鳴いた。さきほどの飛行機はどこかに行ってしまっていた。夜空はずいぶん広いのに、すぐにどこかに行ってしまった。すぐに行ってしまえるくらいなら、広く見える夜空はじつは狭く小さいものなのか。見えている夜空の外には、もっともっと広い夜空があって、飛行機は果てしなくその広い夜空をすべってゆくのか。

サクラさん、ぼくちょっと疲れた。メザキさんは道ばたに腰をおろした。手をつないだままだったので、座っているメザキさんにすがりつかれるかたちになる。立ってないで、サクラさんも座ったら。ね、座りましょう。メザキさんがハンカチを敷いてくれた。闇の中で、ハンカチはしろじろと浮きあがって見えた。ハンカチを敷くために、つないいていた手を放されたので、手がものたりなくなった。てのひらにほんのりと汗をかいていたが、汗が自分のものなのかメザキさんのものなのか、わからなかった。よっこいしょと言いながら、ハンカチの上に座った。

叔父はたまに近所の神社に子供たちを集めて、『訓練』を行った。突然火事になったときの訓練。突然大風が来たときの訓練。突然地震がおこったときの訓練。突然泥棒が家に入ってきたときの訓練。叔父の『訓練』は、さまざまな場合を想定して行われた。子供たちは水をいっぱいに満たしたバケツをリレーしたり、頭巾や厚地の布を頭にかぶって匍匐《ほふく》前進したり、手を頭上にあげて従順な様子をつくったりした。私もときおり子供たちの中に混じらされた。叔父は、えい、だの、おう、だの、威勢のいい声をあげ、真面目にやらない子供がいると怒鳴った。町内会に頼まれてやっているんだから。おまえらここでまじめにやらんと、ほんものの泥棒がやってきたときに困るんだぞ。火事がおこったときにどうしたらいいかわからなくなるぞ。笑うんじゃねえ。しんたいはっぷこれをふぼにうくあえてきしょうせざるはこうのはじめなり、だ。わかってんのか。おう。叔父は何を考えていたのだろう。子供たちに『訓練』をほどこすとき、叔父は真剣だった。汗をいっぱいにかいて走りまわった。仕事を休んで部屋に寝そべっているときの叔父からは考えられないくらい、真剣だった。メザキさんが両手で頬をつかみ、真剣に接吻してきた。

メザキさんたら。接吻の最中に言った。いちど、メザキさんから顔を離して、メザキさんたら、と言った。メザキさんはすぐにこちらの顔をひき寄せなおし、接吻をつづけた。やたらに強く吸ってきた。酔いの匂いがしていた。メザキさんぜんたいから、酔いの匂いがしていた。サクラさん。すきだ。メザキさんが真剣な調子で言った。ほんとかなあ、ほんとなの。聞くと、メザキさんは接吻をやめて頭をかかえた。両手に顔をうずめるようにした。しばらく黙っている。こちらも黙っていた。蛙が鳴いている。くわくわとまた蛙の真似をしてみたが、メザキさんは頭をかかえたままである。ずいぶん長い間かかえっぱなしにしている。いままで鳴いていた高い声の蛙に混じって低くふとい声の蛙の鳴き声が聞こえるようになった。牛蛙かなあ。メザキさんに訊ねたが、答えがない。牛蛙の声がやまない。やまないと思っていたら、それは牛蛙ではなくメザキさんの鼾《いびき》なのだった。頭をかかえる姿勢のまま、メザキさんは眠っていた。

どのくらいの時間座っていたのかわからない。寒くなって、メザキさんが目覚めた。

あれ、サクラさんだ。どうしたんですか。そんなふうに言いながらメザキさんは目覚めた。あれ、今何時ですか。あれ、蝦蛄どうしました。眠っているメザキさんに寄りかかっていた。メザキさんは手もあたたかかったが、からだもあたたかかった。メザキさんの鼾はおおむね規則正しくつづいたが、ときおり吸ったまま息を吐かなくなることがあった。そのまま何十秒か息をしない。吸いも吐きもしない。死んでしまったのではないかと最初は心配したが、しばらくすると大きな息を吐いて呼吸を再開するので安心した。そのさまが、たいそう気持ちよさそうな解放されたような吐きかたなので、うらやましい心もちで聞くようになった。蝦蛄のお店、出てから歩いたじゃないですか。おぼえてないの。メザキさんたら。

ああ。飲みましたね。たくさん飲みましたね。歩いたんだっけか。寒いねサクラさん。寒《さみ》いね、と叔父は言った。サクフちゃん、寒《さみ》いね。数カ月に一度、叔父は父に呼びつけられた。仏間で仏壇を背にして、父は煙草を吸いながら叔父に説教をした。子供はあっちに行ってなさいと言われ、たいていは台所で芋の皮かなにか剝きながら待っていた。説教が終わると叔父は部屋に戻ってあおむけに寝ころがった。目を閉じ頭の下で手を組み、ただすうすうと呼吸していた。次の間からそっと窺っていると、突然目を開けて、サクラちゃんサクラちゃんと言う。俺ね、いい商売を思いついたんだが、金がちょっと足りない。儲かるぜこれは。五十万ほど元手があればね。絶対なのにな。兄さんは頭が固いから。叔父はあおむけになったまま、子供相手に新手の商売について語った。五十万あればな。五十万さえあれば。最後はその繰り返しになって、それにも飽きると叔父は、寒《さみ》いね、と言うのだった。夏でも冬でも、寒《さみ》いねサクラちゃん、と言った。なんかこう、水に沈む小さないきものになったような気分だ。チャプチャプ掻きながら水んなかいるんだね。水槽かなんかにさ、チャプチャプ沈んでるんだね。それをさ、大きな人間のままの俺がさ、水槽の外からガラスにでこくっつけて、じっと見てやがるんだ。寒《さみ》いよ、水んなかあけっこう寒《さみ》いよ。

ねえメザキさん。さっきなにしたかおぼえてる。ふたたび歩きはじめていた。寒いから、歩きましょう。メザキさんは言って立ち上がったのだ。降るようだった蛙の声が減っていた。道はあいかわらず同じ幅で、電信柱が片側にぽつりとあらわれては遠ざかった。なにかしました、ぼく。メザキさんは目をこすりながら聞いた。おぼえてないの。問うと、おぼえてない。答えた。そう、おぼえてないのね。横を向いた。メザキさんはまだ目をこすっている。眠そうである。ごめん、おぼえてなくて。ごめん、と言ってからメザキさんは足を止め、おおいかぶさって接吻した。おおいかぶさって、軽く接吻した。なんだ、おぼえてるじゃないの。軽く接吻したあと、メザキさんはすぐに離れた。やっぱり接吻したのか、そうか。答えて、それきりメザキさんは接吻しなかった。手も握らなかった。夜道はしんとしていて、足音ばかりがさりさりと響いた。

叔父は、水槽の外から小さくなった自分を見ると言った。私は、学校の帰り道ひとり歩いているときなどに、歩いている自分がいることを突然のように知って、驚くことがあった。その瞬間まさにその場所で自分らしきものが歩いていることを、歩いている自分の中にある自分が知って、驚くことがあった。そのとき、自分の中にある白分は、自分の中から宙に浮きでて、歩いている自分をほんの少し離れたところからたしかに見ているのだった。ちょうど叔父が水槽の外から小さな自分を見ていたように。歩いているうちに、隣にいるのが誰なんだかわからなくなってきた。メザキさんなのかどうかふたしかになってきた。メザキさん。呼びかけてみた。メザキさん。

なに。サクラさん。声が聞こえれば、隣にいるのはメザキさんだということがあたりまえになる。しばらく黙って歩くと、ふたたび隣にいるのが誰なんだかわからなくなる。何回でも、メザキさん、と呼びかけた。そのたびにメザキさんであるひとは、なに、サクラさん、と言いながらそこに戻ってきた。ねえメザキさん、この道どこまでつづくんでしょう。こまかな雨が降り始めていた。さやさやいう音が聞こえ、それはおそらく道ばたの草に雨が当たる音なのであった。いつかはどこかに出るでしょう。じき夜も明けるだろうし。月や星が見えなくなっていた。空はいちめんの濃紺で、上を向くと雨粒が顔にあたった。叔父の商売はどれも半端なままで、『訓練』も、町内会長に町内会の名をかたっては困ると苦情を言われてからは行わなくなった。それでも叔父は同じような調子で、どこへ行くのかわからぬが仕事と称して出かけたり、部屋に寝そべってするめを噛みながら古い新聞を読んだりしていた。サクラちゃん、好きな男いるのか。俺な、こないだ電車でな、すげえいい女見たよ。小鼻の恰好がいい女でな。こっちに尻向けてつんと立ってた。横にまわってじろじろ見たら、ほんとにいい女でさ。サクラちゃん好きな男できたら、俺に見せな。見せなよな。それから一年ほど後に叔父はとしうえのひとと添い、家を出た。

夜明け近くなるとさみしいね。メザキさんが言った。言ってから、ふたたび手をつなぎあった。さみしいね、という言葉を聞いて、さきほど喉元まで出かかって出なかった、こわいものを思い出した。こわかったのは、叔父がいなくなったあとの叔父の部屋だった。埃をかぶったままの鍋やばねばかりが片づけられずに置いてあった。埃の上には、何年も前に書いた『バカマヌケ』が消えずに残っていた。黄ばんだ古新聞が隅に積んであった。叔父の声が今にも聞こえてきそうで、いつも足早に部屋の前を通りすぎた。叔父が家を出てから、叔父の名前でときおり挨拶伺いの葉書が届いたが、叔父の筆跡ではなかった。皆々様にはごきげんよろしゅう、などという、叔父が書くはずのない文面だった。

メザキさん、おしっこしたいの。小さな声で言った。ずいぶん我慢したのだが、雨が降りはじめてから我慢がならなくなっていた。おしっこしたくなると、さみしい気持ちが増した。したらいいよ。メザキさんはつなぐ手に少し力をこめた。したらいいよ。空の濃紺がわずかに薄くなったように思える。どこで。雨は強まりもせず弱まりもせずに降りつづいている。ここでいいよ。待ってるから。

道ばたの草むらに踏みいった。一歩踏みだすたびに、草の上のこまかな水滴があしくびに飛んだ。道よりもずいぶん奥に入ってから、スカートを腰までめくりあげ、したばきを下ろした。しゃがむと草が尻をつついた。しゃがみながら空を見上げると、雨が自分だけをめざして降ってくるように思われた。尻を出してしゃがんでいる自分がここに居るのが、妙だった。メザキさん。声にならないくらいのかすかな声で呼んでみた。聞こえないらしかった。雨が顔にもくびにも肩にも尻にも降りそそいでいた。放尿しようとしたが、なかなかできなかった。サクラさん、だいじょうぶ？　メザキさんの声がした。そこに、ちゃんと、いる？　メザキさんの声だった。います。ここに、います。出はじめると、とめどなく出た。さやさやいう音をたてて、雨と一緒に葉をぬらした。目を閉じて、放尿した。サクラさん、さみしいね。メザキさんの声がした。さみしいね、おしっこしてても、さみしいよ、メザキさん。空の濃紺がまた薄くなった。雨は強まりもせず弱まりもせず降りつづいていた。

溺レる

少し前から、逃げている。

一人で逃げているのではない、二人して逃げているのである。逃げるつもりはぜんぜんなかった、逃げている今だって、どうして逃げているのかすぐにわからなくなってしまう、しかしいったん逃げはじめてしまったので、逃げているのである。

「モウリさん何から逃げてるの」逃げはじめのころに聞いたことがあった。モウリさんは首を少しかしげて、

「まあ、いろんなものからね」と答えたのだった。「中ではとりわけ、リフジンなものから逃げてるということでしょうかねえ」

「リフジンなものですか」ぽかんと口を開けてモウリさんを仰ぎ見ると、モウリさんは

照れたように目を細め、何回か頷いた。

「リフジンなものからはね、逃げなければいけませんよ」

「はあ」

「コマキさんは何から逃げてるんですか」

それを、わたしは答えられなかった。ひとつ、逃げてみますか。モウリさんに言われたので、つい一緒に逃げはじめてしまった。逃げはじめるときにははっきりとわかっていたように思っていたが、逃げつづけるうちに、だんだんはっきりしなくなってしまった。

「まあ、昔からミチユキだのチクデンだの、そういう言い方あるでしょ。ぼくらもそれですよ、それ」モウリさんは言って、わたしの頰を撫でたりする。

「チクデン」またぽかんとすると、モウリさんはさらに撫でる。

「相愛の男女がね、手に手をとって逃げるっていうことですよ」

「はあ」

手に手をとって逃げていると言われれば、そんな気もした。そんな気もしたが、ほんとうにそうなのだろうかと、モウリさんの隣で横たわりながら疑いもした。

　モウリさんのからだはたいそう暖かくて、モウリさんに抱き寄せられると、その暖かさのあまりわたしはすぐさま寝入ってしまう。

「失神するみたいにさ」といつかモウリさんに言われたことがある。

「そんなにすぐに寝入るの、失礼なんじゃない」笑いながら言われたことがある。

「せっかくのミチユキなんだから、シニタイとかなんとか言いながらカタくカタくイダキアったりアイヨクにオボレたりしてもいいんじゃないの」

「でもアイヨクにオボレるのはちょっと」アイヨクにオボレよがしに背中や腹を撫でにくるモウリさんを押し返しながら言うと、モウリさんはえへへへへ、というような笑い声をたてて、

「アイヨクはだめですか」と言い、わたしをひゅっと裏返した。裏返して、アイヨクめいたことを行ったが、どうもそれはやはりアイヨクとは違うことのように思われた。モウリさんだとて、アイヨクとは違うことをよく知りつつ、アイヨクめかしているだけなのではないかと、思われた。

　あるときに南に行くトラックに乗せてもらった。モウリさんが道に立って止めたので

ある。その前にはわたしが道端で手を振ったが、ぜんぜん止まらなかった。

「こういう場合、女性が立った方が止まってもらえるんだと思いますがねえ」と言いながら、モウリさんが飄《ひょう》と立つと、すぐさまトラックが止まるのだった。モウリさんには、そういうところがある。トラックに乗ると、モウリさんは運転手と話しこみはじめた。「へえ。青ものがね。雨少ないし、二週間降らなきゃ値が。そう」「娘さん中学生なの。制服、セーラー服じゃないの？　ちかごろはあれよね、スカート短くて、短いのいいよね」「南の方なら、どこでも。人が住んでりゃどこでも」

いくらでも話す。助手席にモウリさんとわたしが狭く座って、運転手はときどき眠そうにしたが、モウリさんがうまく話しかけるので、居眠りはしなかった。運転手がくれたガムを嚙みながら、モウリさんは空中でハンドルを持つ身振りをした。運転手の真似をして、ハンドルを握っていない方の肘を、窓枠のかわりにわたしの肩にかけ、そうしながら運転手と話しつづけた。

二時間ほど乗ってから小さな町で下ろされた。運転手は、積み荷の小松菜を二束新聞紙に包んでくれた。

「あんたら、どういうの」と聞かれて、モウリさんは真面目に、

「駆け落ちしてるんですよ」と答えた。運転手は表情を変えずに、

「難儀なことだね」と言い、小松菜をもう一束足してくれた。

トラックが行ってしまうと、モウリさんは噛んでいたガムを紙に出し、ていねいに包んだ。

「コマキさん学生のころセーラー服だった？」駅方面、と書かれた看板の方向に歩きながら、モウリさんが聞いた。日が暮れはじめていて、こうもりみたいなものが飛んでいる。

「うん」答えると、モウリさんはさきほど運転手に答えたときと同様真面目に、

「こんど着てみせてよ」と言った。

「この歳でセーラー服着たらこわい」

「セーラー服好きなんだ、ぼく」

「そういう問題じゃないでしょ」

「問題なんてオソロシイ言葉使わないでよ」

モウリさんはわたしの手を握りしめた。どんどん暗くなってきて、どこに泊まるのかも知らなかった。わたしもモウリさんの手を握り返した。モウリさんの鞄の上に載せた

小松菜を包む新聞紙ががさがさ鳴った。

「この小松菜で泊まれるかなあ」

「どこに」

「親切な雀の家とか」

モウリさんはいつもこんな調子で、わたしはそういうモウリさんが好きみたいだった。好きだから、うかうかと一緒に逃げはじめたのだった。小松菜と新聞紙はがさがさ鳴って、親切な雀の家は見当たらなかった。

「南の町だから、暖かいよ」モウリさんは言い、その日は野宿をした。南の町で、暖かいからだのモウリさんに寄りかかって、青草の上で少しだけ眠った。モウリさんは眠らなかったらしい。翌朝聞くと、一晩じゅうセーラー服を着ていたころのコマキさんのことを想像していたと言う。

「ほんとに？」

「うそだよ」

小松菜は少ししなびていて、モウリさんの髭は一晩でずいぶん濃くなっていた。

「モウリさん、いつまで逃げるの」と聞くと、

「さあねえ」とモウリさんは少しばかりほうけた様子で答えた。

寒くなって持ち金も少なくなったころ、しばらく定住して新聞販売所で働いたことがあった。モウリさんは配達、わたしは販売所の寮の炊事に雇われた。早朝というより深更とあらわした方がいい時間に、モウリさんは販売所の男たちに混じって新聞に広告をはさみ、深緑色に塗った自転車で配達にでかける。最初モウリさんは自転車にうまく乗れなくて、夜が明けてずいぶんたってからも帰って来なかったりした。何軒もの家から配達が来ないという電話がかかった。二週間もするうちに、ようやく人並の時間で配れるようになったが、そうなってからもモウリさんの自転車の乗り方は、あまり見よいものではなかった。上体が反り返って、背はぴんとしているのだが、ぎくしゃくすることこのうえない。

配達を終えた男たちが帰るまでに朝食と夕食を用意するのがわたしの仕事で、毎回一升の米を研ぎ大鍋でひじきやきんぴらごぼうや肉じゃがを作り、業務用の焼き網で何匹もの魚を焼いた。コマちゃん少し味が濃いよ、いやいや俺は濃い味がいいね、などと男たちは言い、コマちゃんと呼ばれると、わたしはとても遠くに来たような気分になった。

モウリさんをそんなときに見やると、茶碗にかがみこんで黙々と噛んでいた。モウリさんはいつでもたいそう真剣な顔をして食べる。以前まだ逃げていないころ、少しばかり高級な料理屋で刺し身やらてんぷらやらを一緒に食べたときにも、同じ顔をしていた。モウリさんは男たちのように、コマちゃん、とは呼ばなかった。いつでも、コマキさん、と呼んだ。あんたたち、夫婦ものなんだろ、コマキさんモウリさんて、よそよそしいじゃない。そりゃあれだよこのひとたちわけありだからさ。

わけあり、と言われて、モウリさんは神妙な表情をつくった。ため息なんかをついた。男たちはそれ以上追及することもなく、何杯もおかわりをしては、コマちゃん明日は芋煮てよ、などと言った。後で二人になったときにモウリさんに、

「気がふさぐの？」と聞くと、モウリさんはまたため息をついて、

「自転車うまくならないなあ」と答えた。「この仕事、向いてないんじゃないかなあ」

「向いてるも向いてないも」と笑うと、モウリさんは突然のしかかってきて、

「アイヨクにオボレよう」と言った。「今すぐアイヨクにオボレよう」

「もう昼近いよ」答えると、泣きそうな顔になって、

「コマキさんが好きでしょうがないんだ」と言いながら、胸やくびにやたら接吻を降ら

せた。それから、急いで、アイヨクにオボレた。

新聞販売所で三月働き、いくらかの金がたまると、ふたたび逃げはじめた。

モウリさんはもともと上の空になることが時おりあったが、ふたたび逃げはじめてからそれが繁くなった。

一緒にいても、モウリさんはどこかに行ってしまう。そんな時は、どうしてモウリさんについて来たんだかなとさびしくなる。モウリさんを恨むわけではない、自分を恨むような気分になる。逃げだしたのは、つい、だったが、逃げだすことを選んだのは自分だった。モウリさんのせいではない。

幼いころ遊びほうけていて、帰るべき時間よりも遅い時間に家路をたどることがあった。どんなに怒られるだろうかという心配よりも、ゆらりとしたいつもと違う空気の中にいるような、少しうれしいような妙な気分に満ちて道を歩いた。どうせ怒られるのだし、どんなに怒られても死にはしない、いつかは死ぬのに違いないのだからと、小学校に上がって間もないころだったのにもう思っていた。モウリさんと逃げはじめてから、その時の気分がしばしばよみがえった。一緒に逃げているモウリさんがどこかに行ってしまうときには、ことさらゆらりとした気分になった。

「モウリさん、おなかすかない」と言っても、どこかに行ってしまっているモウリさんはなんにも答えない。それで、わたしが先に立って海辺の定食屋かなにかに、入る。逃げているときには、いつでも腹が減っている。皮の焦げた魚やら安手の刺し身だのを、いつだって食べたくなる。

「モウリさん、焼肉定食でいいの」

モウリさんは上の空で頷き、しかし焼肉はモウリさんの好物なので来れば熱心に食べる、食べはじめてから頼んだ一本のビールをゆっくりとすする。

わたしは、そなえつけの全十三巻格闘熱血漫画を、ていねいに読んだ。客はわたしたちの他には一組しかいなかった。高校生の二人組男子生徒が、全六巻のギャンブル漫画を読んでいた。二人で、一巻ずらして、同じものを読んでいた。片方は親子丼、片方は天丼を食べていた。肘をついて、丼はぜんぜん見ずに箸を使い、漫画本に顔をつけるようにして二人は読んでいた。

モウリさんは食べおわってしまっても、まだそこにいない。よそに行ってしまっている。

「義理と友情のために闘うんだって」と漫画から顔を上げてモウリさんに言ったが、答えがなかった。「義理で、死ねるかなあ」

モウリさんはわずかばかり日を見開いた。

「モウリさんは、わたしが好きなの？」

聞いてみた。答えが来ないと知っているので、聞いてみた。答えが来るのだとしたら、聞けまい。

高校生二人は、何か喋りあっている。ギャンブル漫画についてではないらしい、家の隣の誰それの姉さんが、などという話をしあっている。モウリさんはしばらくすると、上の空をやめてわたしをじっと見た。

「好きだって言ってるのに、いつも言ってるのに、コマキさんわからないんですか」

そうだったろうか。モウリさんはそんなにわたしのことを好きだったのだろうか。どちらかといえばわたしが一方的に好きと思いながら逃げていたように思う。わたしがモウリさんを好きだからこそ一緒に逃げているのだと、いつも思い思いしていたように思う。

「コマキさんは少しばかですね」モウリさんは湿った声で言った。

「コマキさん、あなた何も覚えてないんでしょう、世の中のこと、何も身についてないんでしょう」

モウリさんにそんなことを言われるとは思ってもいなかったので、驚いた。幼いころの、ゆらりとした気分が濃くよみがえった。

「モウリさん、わたしばかかもしれないけどモウリさんのことすごく好きだよ」

「ばかだねえ、まったく」モウリさんは答えた。

「ばかですか」

「だって、これ、ミチユキだよ。アイヨクにオボレた末のミチユキなんだよ、ほんとにさ」

ほんとにさ、と言いながら、やはりモウリさんはほんとではないような顔つきだった。海辺の定食屋のデコラ張りの卓の上には醬油の染みがついていて、全十三巻の格闘熱血漫画は頁の隅がまくれていた。モウリさんは残ったビールを全部飲み干してから財布をあけ、小さくたたんだ千円札を二枚、大事そうに出した。

一度だけ、死のうかという話をモウリさんとしたことがある。

死のうかという話をするくらいだから、日の射さない、寒いころだったのだろう。

「逃げるのも疲れますね」モツリさんが言ったのだった。

「そうでもないけどな」答えると、モウリさんは、

「ああ、そうか、逃げることよりも、逃げるために置いてきたもののことを思うのが疲れるんだ」と言った。

　モウリさんはどうやら置いてきたものが多いらしかった。わたしは、一つか二つしか、置いてきたものはない。その一つ二つでさえ持て余しているのだから、モウリさんの疲れかたをや、だろう。

「死にましょうか」モウリさんが言った。

「そうねえ」わたしはあまり考えずに答えた。

　そうねえ、というわたしの声が空に消えてから、二人で海岸を歩きはじめた。寒い日に海岸なんか、歩きはじめてしまった。

　淡い雪が降っていて、積もったばかりの雪には、何の跡もついていなかった。

「死に日和ですね」

「ちょっと死に日和すぎて困ってしまいますね」

そんなことを言いあいながら、浜をずっと歩いた。鴉がどこかで鳴いていた。鴉の鳴き声は遠くにあっても近くに聞こえる。

「コマキさん、生まれてから今までどのくらいのことを後悔しましたか」

モウリさんが珍しく普通のことを聞いたので、これはほんとうに死ぬのかしらんと思った。

「後悔っていうなら、ほとんどいつも後悔」

こちらも珍しく普通のことを答えた。モウリさんは頷いたりなんかしている。雪が、淡く白く砂の上に積もっては消える。消えながらもだんだんと白さを増し、そこに波がざぶりざぶりと打ち寄せた。

「ぼくと一緒に来たこと後悔してますか」

いよいよモウリさんらしくない言葉を使う。

「してないよ」

「してないか」

モウリさんは少しほほえんだ。それから、

「死ぬのは寒いねきっと」と言った。

鴉がモウリさんの頭をかすめ飛び、モウリさんは、おっ、という声を出して空を見上げた。

「足跡が続いてる」わたしが言うと、モウリさんは後ろを振り向いた。

「続いてるな」

「死ぬの？」

「どうしよう」

「寒いの、やだな」

「やだよな」

「もっとモウリさんにオボレたい」

「じゅうぶんオボレてるじゃない」

「そうかな」

「そうだよ」

足が砂にめりこんで、重かった。角材の上に男が一人座って、ラジオを聞いていた。小さな火を足元に焚いて、競馬の中継らしきものを聞いている。雪は細かくさらさらになってきていた。

「逃げてる間、ぼくたち海ばっかり見てますね」モウリさんがぽつりと言った。

「そういえば、海辺の町が多かったね」

「ホヤ食べたいな」

「ホヤ?」

雪はわたしたちの上にも積もっていた。競馬中継を聞いている男はじっと動かずにたたんだ新聞を眺めている。昼なのに夕方のように暗くて、字が読めるのだろうかとわたしたちは言いあった。モウリさんの腰にしがみつくようにして歩いた。モウリさんは鞄を横抱きに持ち、わたしの歩調にあわせて歩いた。わたしが持ってきた小さめの鞄には穴が開いてしまったので捨てて、モウリさんの鞄に二人の荷物を詰めていた。荷物は次第に少なくなり、モウリさんが横抱きにしている鞄はずいぶんと軽かった。雪は波打ち際にまで積もりはじめていた。モウリさんと二人で、長く海岸を歩いた。


「コマキさん、楽器は何か演奏できる」

固い布団に横たわりながら、モウリさんが聞いた。長く逃げてきたすえ、よく知らない西の町の海辺に、部屋を借りているのだった。モウリさんは町のはずれにあるゴムの工場に勤めていた。三日に一回ある夜勤から帰った日だったかもしれない。窓の外が明るみはじめていた。

「たて笛とカスタネットくらいかなあ」

「ぼくはね、アコーディオン弾けるんだよ」

言ってから、モウリさんは鼻唄をうなった。昔見た映画の中で聞いたような歌だった。

「小学生のころ合奏部にいたんだ」

「合奏部」

小学生のモウリさんが、遠いところに見えた。カーテンを透かして明るみはじめている外のどこかに、小学生のモウリさんがきっと立っているのだと思った。

「市の大会に出て、二位になったよ」

「独奏で？」

「いいや」

合奏が楽しいよ。モウリさんは言った。みんなで音と調子をあわせて厚みのある調べをつくりだすんだよ。そう言った。コマキさんもこんど一緒に演奏しよう。

急にそんなことを言いだすので、モウリさんの顔を見ると、少しゆがんでいた。

「どうしたの」

「どうもしない」

ゴム工場の勤務は、たいへん？　そう聞くと、モウリさんは首を横に振った。

「そんなものぜんぜんたいへんじゃないよ」

それから少し寝入って起きるとすっかり夜が明けていて、見るとモウリさんはぱっちりと目を開いて天井を見ていた。

「モウリさん、わたしカスタネット叩くよ」

「そうだね」

「トライアングルもできるよ、きっと」

「そうだね」

線路沿いの部屋だった。電車が、始発のころは三十分に一度、その後は次第に間隔が短くなって、通る。通るたびに、部屋が揺れた。

「このままここにいるのかな」

聞くと、モウリさんは頷くような頷かないような、笑うような泣くような様子をした。

「コマキさん、もう帰れないよ、きっと」

「帰れないかな」

「帰れないなぼくは」

「それじゃ、帰らなければいい」

「君は帰るの」

「帰らない」

　モウリさんといつまでも一緒に逃げるの。

　その言葉は言わないで、モウリさんに身を寄せた。モウリさんは小学牛みたいになって泣いていた。カスタネットは赤と青だったなあと思いながら、わたしは泣かなかった。部屋は十分おきに揺れ、モウリさんのからだは暖かかった。ふたたび寝入ってしまいそうになるのを一所懸命に我慢しながら、カスタネットのことを思いつづけた。モウリさんは泣きおえて、さきほどの唄をとぎれとぎれにハミングしていた。ここはいったいどこなのだろうと不思議に思いながら、モウリさんに身を寄せていた。

亀が鳴く

ユキヲと暮らしはじめたのはたしか三年ほど前だったように思うが、さだかではない。さだかでないことが私には多くて、ついせんだってユキヲが「別れたいのだが」と言いだしたときの様子でさえさだかではないのだ。

いつから暮らしはじめたかとユキヲに聞けば、手帳を見ることもなく、何年の何月何日と答えるに違いない。それをときどき私はユキヲの私に対する執着の強さだと勘ちがいしたものだったが、それはユキヲの生来のものであって、「別れたいのだが」と自分が言ったときのこともユキヲは私なんかより数段詳細に記憶しているに決まっている。そのときどんな鳥が枝で鳴いていたか、時計の針はどの位置にあったか、私がどんな言葉を返したか、いちいちくわしく覚えているのに違いない。しかしそれがユキヲの私への執着に結びついているというのは間違いなのである。記憶の強さは私への執着でなく、何か他のものへの執着なのである。

「別れたいのだが」と言われて私はたぶん、「えっどういう」などと答えたことだったろう。さだかではないが、もし今同じことをユキヲから言われたならそのように返す。それならばそのときも同じように返したはずだった。

「一緒にいられない」ユキヲは言い、目をそらした。

「どうして」

「どうしても」

「でもどうして」

「一緒にいられないから」

何回か押し問答があった。なんとも下手な切り出しかたで、それはユキヲにはあまり似合わなかった。何ごとにもきっちりとした理由をつけるのがユキヲの生来である。理由をつけないというところに、ただならぬものを感じた。

「好きな人できた?」聞くと、ユキヲはもっと目をそらした。

「そうなの?」重ねて聞くと、ユキヲはしばらくじっとしていたが、しまいにはゆっくりと首を横に振った。どうあっても理由を言わない。

その後がさだかでないのだ。ユキヲが何かを説明したのだったか、私が聞いたのだったか、双方が沈黙していたのだったか、ユキヲがもう私と一緒にはいたくなくなり出て行こうとしていることだけはわかったが、それ以外のことは何も記憶にないのだ。それから今まで何回か訊ねたりくどいたりしてみたはずなのだが、それにしたってさだかではないのである。

ユキヲと住んでいる部屋は地下鉄の駅から自転車で十分ほどのところにある。歩けば二十分強、ユキヲも私も金を持たないから、狭くて便利の悪いところしか借りられない。部屋に越してきた日に二人で固くしぼったぞうきんで畳を拭いていたら、青くて新しいように見えた畳の表面が剝げて、茶色い面があらわれた。なんのことはない、青い塗料を古い畳の上に刷いてあるだけなのだった。不動産屋は数日前賃貸契約書を作ったときに「間借り人が入れ替われば必ず大家さんは畳を張り替えますから、敷金は戻らないのが普通です。畳もこのごろ高いですから」と言ったのではなかったか。

「濡れたので拭くんじゃなかったね」と笑ったら、ユキヲは眉を寄せて、

「畳替えするって言ってたのに、インチキだな。敷金は返してもらわなきゃな」などと言って時計を見た。時計を、ユキヲは厳しい視線で見ていた。いったい時計に何の恨みがあるのか、やたらに厳しく眺めていた。厳しく眺めているくせに「インチキ」という安手の言葉を何回となく繰り返すのがおかしかった。肝心なことはさだかでないのに、私はこのような些事《さじ》ばかりをよく覚えている。二年後の契約更新のとき、ユキヲは大家に向かって畳のことを主張した。

「それでもね、契約いっぱいより長く住んだらいくらなんだってわたしら畳替えしますよ。おたく出たら必ず畳替えしなきゃ、ちかごろは不況なんだし汚い部屋なんか借り手もないし」大家はぺらぺらと繰り出したが、ユキヲはじっくりと反論するのだった。私だけならばとてもこのように反論できないし、しようということを思いつきさえしないだろう。

「わかったよ、わかった」最後に大家がそう言うまで、ユキヲはじっくりと責めた。

「もういいよ、敷金、返すから」大家は言い、不愉快そうにした。不愉快なその大家の表情が苦で、私は帰り道ユキヲに向かって、

「いやだったね」と言ったが、ユキヲは平気な様子で、

「何が」などと答えたのだったか。拭いてしまった部分の畳の色はずいぶん長い間まわりの色と違っていたが、契約を更新するころには同じになって区別がつかなかった。ユキヲは茶色に剝げた部分の上に、いつも座布団を敷いて座っていた。ユキヲが座布団に座るたびにユキヲの「インチキ」という口調を思い出してくすくすと笑いそうになったが、ユキヲはそれを嫌うような気がしたので、実際には笑わなかった。ユキヲは一度座布団の位置を決めたら、そこからずれた場所に座ることがめったにないので、いつでも畳の茶はユキヲの座布団に保護されていたのだ。いつまでも畳は青く座布団の下には染みのような茶があると思っていたのだ。それなのに、契約更新の二年後に茶色はなくなっていた。いつの間にか青い塗料は剝げ、畳はいちめんに茶色くなっていた。

「そんなで、出ていく」とユキヲが言ってから一週間が過ぎ、ユキヲは自分の荷物を毎日のように何箱もの段ボールに詰めはじめた。私はユキヲを横から眺めてぼんやりするばかりだった。

「そんなところでぼうっとしてないで、これからどうするか考えなさい」とユキヲに言われて、はじめて行く末のことを思った。ユキヲが出ていくことが悲しいのか悲しくないのか、自分にもさだかでなかった。ただ、どうしていいのかわからないのだった。

どうしていいのかわからなくなることは、ユキヲと暮らしていた三年間のうちにもたびたびあった。私は金の使いかたというものが下手なようで、最初のうちはユキヲの金と私の金を合わせて家計をまわすのは私の役回りだったのだが、半年もたたないうちに私はユキヲに咎められることになる。

「なんで君はある金全部を使ってしまうの」とユキヲは言うのだが、どうやって金の始末をうまくすればいいのか、私には見当もつかないのだ。少なければ少ないなりに、多ければ多いなりに、私はいつでもぴたりと使いきってしまう。体が、あり金にあわせて伸びたり縮んだりするような感じだった。

「そんなじゃ、金は預けられない」とユキヲは言い、私から財布や通帳を取り上げ、子供に渡す小遣いのように月に三回に分けて私に生活費を渡した。まとめて渡すと一時に使いきってしまうかもしれない、というのがユキヲの言いぶんで、そう言われてみればそのような気もしてきた。金をうまく始末できないのは、私に能力がないせいではないのだった。始末しようと思えば始末くらいはできるのだ。ただ、始末しようという気がどうしても湧いてこない。金の始末だけでなく、家のこまごまとした事どもの始末に関しても、始めることはしても全うすることがない。どれもこれもどこかが欠けていた。掃除はしても、整理ということができない。洗濯物を干しても、取り込むことをしない。料理ならば大まかに野菜や肉を切って炒めるという類のものばかり作る。それを大皿に盛って終わりである。どれも本来ならばもっときちんと全うできるものばかりなのだが、しない。

ユキヲと暮らすよりずいぶん以前には、部屋をこぎれいにしたり何品も菜をととのえたり、洗濯物にはアイロンもかけたし取れたボタンをそのままにもしなかった。いつの間にか、私はものごとを全うできなくなっていたのだ。全うできないので仕事を減らした。そして仕事を減らすと、ますますものごとを全うできなくなった。生活の内実はそんなでも、言わなければそれは誰にもわからないことだった。ユキヲは、全うしなくなっていることを隠しつつぼうと生きている私を誘い、私はユキヲに誘われた。ユキヲとのことも全うできないことだと思ったが、三年が知らぬ間にたった。三年ならば全うしたということになるのか。しかし年月は全うということとは無関係だろう。どのように為したかが問題なのだろう。私はユキヲとの生活も全うしなかった。全うしたいという気分に何回かなったが、けっきょくだめだった。だから、ユキヲが「別れたいのだが」

と言ったときにも、茫然とするばかりで何も考えつかなかったのだ。ユキヲに、私は思ったよりも多く執着しているということが、「別れたいのだが」と言われた瞬間にわかったのだが、それでもやはりなすすべがなかった。ユキヲはうつむいている私の頬にさわり、悲しそうにした。悲しくすべきなのは私なのに、ユキヲより悲しそうにはできなかった。悲しそうな顔をするユキヲの横、出窓にある水槽の中で、亀がきゅうと鳴いた。

何百年か経た金属に触れたことがある。触れれば壊れるかもしれないと言われていたので、慎重に触れた。その瞬間金属は割れるというのでもなく剝がれるというのでもなく、ただ崩れた。塵となって崩れた。

「寿命だったのですね」と言われ、なるほどそのようなものかと感心した。

亀を飼いはじめたのはそれからしばらくたってからである。何某と連れだって行った夜店で、鰻釣りの横の水槽に亀が何匹も動きまわっていた。そのときはただ見ていただけだったのだが、何某が数日後に水槽と亀を持ってきたのである。

「亀は万年」と言いながら、何某はなにくわぬ様子で水槽を置き、世間話をしてから帰った。

「亀でも飼ってみなさいよ」と何某は言ったのだった。

「亀ならば君にも飼えるでしょう」そう言って、ただ置いていってしまった。その後ユキヲに出会って水槽ごと引っ越し、何某とも疎遠になってしまったので、亀を置いていった理由は聞き損ねた。たいした理由はなかったのかもしれない。亀はろくに餌もやらないのに生きた。冬には長く眠り、夏には石の上にじっとした。ときおり首や尾を動かした。


亀鳴く、という言葉があるのはうすぼんやりと知っていたが、実際に亀が鳴くとは思わなかった。きゅう、と亀は鳴いた。鳴いたときに人に確かめるわけではないから、ほんとうに鳴いているのか、鳴いていると私が思っているだけなのか、ユキヲと暮らしているときにも、ああ鳴いた、亀が鳴いた、と思うばかりでユキヲに向かって「鳴いている」と言ったことはなかったので、それが私の空耳なのか実際の亀の声なのかは、さだかでない。亀は稀に、きゅう、と鳴いた。

「君はどうしてそうなんだ」とユキヲはしばしば私に向かって言い、それはたとえばユキヲが帰ってきても部屋の中の電気はついておらず、畳にじっと座ったり寝そべったりしたまま、本を読むわけでもなく仕事をするわけでもなくものを食べるわけでもなく、

いちにち茫然と過ごしていた私を見たときのことであった。ユキヲは暗い中でじっと座る私の手を持って引き上げ、

「またこんな」と言う。それでようやく、またこんないちにちを過ごしてしまったことが私にはわかるのだが、ユキヲはそのようなときには私を咎めなかった。敷いたままになっている布団にそのまま私を引きずっていき、荒く扱った。荒く扱われるとそれで何かが帳消しになるようにも感じた。荒く、ユキヲは私を扱い、済んでしまえば私は平然と台所に立って大ざっぱな料理をしたし、ユキヲに向かって、

「今日はどんな日だった、お仕事はたいへんでしたね」などとすらすら喋ったりした。ユキヲも平然と、

「太田の奴が事故起こして」などと喋り、「こんな」だった私のいちにちはどこかにたたみこまれてしまう。そうやって三年が過ぎた。


ユキヲはときおり行為をおこなえなくなった。布団の中で私に体を預けるようにして、息を長く吐く。ユキヲの体をじっとささえ、像を撫でるようにユキヲをいつまでも撫でつづけた。撫でていると必ずユキヲは寝入った。ユキヲの体は冷たく、息は不規則だっ

た。眠っている間に眉をしかめたりすることもあったし、突然笑ったりすることもあった。笑うときには、目を固くつむったまま歯をむきだして笑った。起きてから聞くと、まったくおぼえがないとユキヲは言う。俺、笑ってたか、こういうとき笑うのか、そう言って、不本意そうな様子をする。

「君以外ではこんなふうにはならない」とユキヲは容赦のない口調で言う。

言われて、私は薄く頷くだけなのである。そんな言葉は私に傷をするだけだとユキヲに言わなければならないのに、ユキヲは傷することを知っていながらわざと言っているのだと思うと、頷くことしかできない。ユキヲは私が頷くとますます依怙地《いこじ》になり、

「君の場所に俺を引き入れないでくれ」と重ねる。

ユキヲの言いたいことはよくわかるのだ。私に触れれば、ユキヲも一緒に全うできないさだかでない場所へと沈んでいってしまう。伝染病のように、ユキヲに私の何かがうつってしまう。しかしじきにユキヲは行為をおこなえるようになり、そうなるといくらでも荒く私を扱った。

「ユキヲ」と私が最中に言うと、ユキヲは私の目をじっと見た。畳の茶色を見つけたときのように、厳しく見た。厳しく見られるのはここちよかった。私もユキヲの目に見入

る。暗い中でユキヲの目は穴のようだった。見つめあって、行為を終えた。ユキヲの胸が激しく動悸を打っている。私の息が深い。どんなに動悸が激しくとも常にひやりとしているユキヲの肩に、布団をそっとかぶせる。

亀を、ユキヲは気にした。

「そんなもの」と言いながら、動かなければつつき、長い眠りに入れば水槽に布をかけた。

「砂漠のね」と、あるときユキヲは言った。

「砂漠に二本高い木が生えている場所があって」

「砂漠に木なんか、あるの」私が聞くと、ユキヲは仕方ないねという表情で首を振り、

「砂漠にだって木ぐらい生える」と答えた。

砂漠に、高い二本の木があり、その周囲にはいつも動物が群れた。木には果実がみのる。雨期が終わるころにたわわにみのった果実は自重で地面に落ち、動物たちは果実をむさぼり食う。果実はどういうしくみか、中でアルコール発酵でも起こっているのだろうか、食べれば酔っぱらうようにできていた。キリンやイボイノシシやゾウやサルが千

鳥足で木のまわりをめぐる。木のまわりは、そのようにいつでもにぎやかだった。果実がみのっていないときには動物たちは木陰で横たわり水たまりに顔をさしいれた。

「何の木」

「知らん」ユキヲは簡潔に答えた。

動物がいるならば自然に植物も増え、細かな生物もあらわれる。小さな亀が、木に登っていった。太い幹を、短い四肢でしっかり摑み、のろく登っていく。二本ある木のうちの一本に登って翌日に下りてくる。次の日には隣の木に登り、そしてまた下りる。永遠のようにそれを繰り返す。片方の木に登っては下り、次にはもう片方を上下する。

「亀は悠長だよ」ユキヲは言った
「そうかな、亀にしてみればそうでないかも」

「いやいや、亀はたしかに悠長で泰然としている」

ユキヲは、出窓の水槽にいる亀に餌をやった。あまりやりすぎると水槽は濁り亀にも元気がなくなる。ユキヲは餌のやり方が上手だった。水はいつでも澄んでいるし、亀もよく動いた。

「砂漠の、高い二本の木を、小さな亀が登り下りしているのは、いい」ユキヲは言った。

私はなんとなく頷くことができなかった。

「亀は、いいのか」そんなことをつぶやいてあいかわらずぼんやりするばかりだった。

「亀は、いい」ユキヲは言い、私を少し抱きしめたりする。

亀の水槽をユキヲがいやにじっと眺めていたことがあって、そのユキヲの背中を私もじっと眺めていた。風の強い晴れた日だった。窓の外の紐につるした洗濯物がはためき、音をたてた。面白い女がいてさ、とユキヲは話しはじめた。

「面白い女でさ、さわるんだな、これが」

「さわるって?」

「気にさわる」

そんなののどこが面白いの、と私は答えたのだったか。

「どこか普通でない」

女はうしろから近づいてきて、耳もとでユキヲに雑言をささやいたりするのだという。前置きもないしささやけばすぐに去る。不愉快に思って文句を言うと誠実な様子で謝る。しかししばらくするとまたやってきてささやく。ささやいているときの表情が不穏である。目はつり上がりくちびるは開き鼻の穴がふくらむ。

「こわいのね」言うと、ユキヲは首を横に振った。

「こわくはない。煽情的だ」

その女と、こないだ寝たよ。するりとユキヲは続けた。

「え」

「なかなかよかった」

よかった、などと言いながら、ユキヲは私を厳しく見つめている。私はいつものようにぼんやりしてしまい、体をまっすぐにしていられない。

「よかった、とても」ユキヲは繰り返した。

何か言おうとしても、シャコ貝のように口は閉じ、ついでに目も閉じそうになる。どこを見ていいのかわからなくて、亀の水槽をじっと見た。ユキヲは水槽と私の間にまわりこんできて、私の視線をとらえようとする。

「なぜわざわざ言うの」ようやく声が出た。

「平気だろう君は」ユキヲの目がいやに光っている。光らせたままにじり寄ってくる。

亀がきゅうと鳴いた。

「平気なわけない」

平気だ、とユキヲが言うと同時に顔に衝撃があり、私はユキヲに平手打ちされていた。もののの見えかたがいつもと違うようになっていた。平手を打ち終えたユキヲの手が私の頬からゆっくり離れていく。離れていくユキヲのてのひらにある指に生える爪のひとつひとつがくっきりと見える。そのままユキヲの指は私の首にやってきて、最初は軽く、そのうちにじわりと重く、絞める。これはなんだか反対なんじゃないかと、暴れている私の肉体の中の私の脳みそが思っている。私がユキヲをしたたかに打ちすえる方がまっとうなんじゃないか。まっとうという言葉を使うのは久しぶりだった。こんな時に自分がこの言葉を思い浮かべるのが愉快だった。亀がきゅうと鳴いた。今日はずいぶん頻繁に鳴く。私の手はユキヲの指をはがそうとするが、ユキヲの指はしっかりと私の首にはりついて離れない。殺されるのだろうかと思いつき、驚いた。私の顔が充血し私の肺が息を求め私の四肢が苦しむ。私の脳みそだけがうすぼんやりと何も反応しない。ユキヲはものすごい形相をしていた。おそらく私はもっとものすごい形相なのだろう。自分の顔を見てみたかった。鏡が部屋の反対側にあるのが残念だった。残念に思ったまま脳みそは暗くなり、手も足も力を失った。するとユキヲの指がすっと離れていった。

気を失っていたのは一瞬で、意識が戻るとユキヲが私を横抱きにしていた。ユキヲはいつものはしこくて実直そうな表情に戻っていた。ユキヲは謝るでもなく笑うでもなく、ただ私を横抱きにして放心していた。

「苦しかった」と言うと、ユキヲは頷いた。

「苦しかった」もう一度言うと、ユキヲは抱いている腕に力をこめた。いつの間にか私の目からは涙が流れ出ていた。特に悲しいわけでもないのに、自然に流れ出ていた。ユキヲは黙ったまま私を畳におろし、ていねいに服を脱がせ、乳房の間に鼻をうずめ、ゆっくりと行為におよんだ。じかに畳の上に寝ているので尻の骨のまわりが少し痛んだ。このような場合には、行為におよぶのがいちばんつづまりのつくことなのであるなと感心しながら、尻の痛みを感じていた。ユキヲが好きなんだか好きでないんだか、このときだってさだかではなかった。ユキヲに対して腹はたたなかった。当然のことをされたように感じていた。ユキヲが憐れになり、ユキヲの髪に指を差し入れて頭皮をさすった。ユキヲは静かに動いた。

「苦しかったか」とユキヲが聞くので、

「うん」と答えた。

「なんでこんなことしてるのかな」しばらくしてからユキヲが言った。

亀はもう鳴かなかった。ユキヲは私の頬から首に流れた涙を全部舌にすいとり、静かに静かに動いた。果てることなくユキヲは動きつづけた。

「沈んでいっちゃうよ、私といると」言うと、

「ほんとうに、沈んでいってしまう」ユキヲが答えた。

洗濯物が窓の外で風鳴りし、午後の光が畳に射した。雲がかかるのだろうか、ときおり光は弱まり、そののちに再び強く射す。

「ごめんなさい」私は小さな声で言った。何に向かって言ったのか、ユキヲに向かって言ったのか、空に向かって言ったのか、知らずに言葉が出た。

ユキヲは何も答えずに動いた。絞められたところがひりひり痛んだ。尻も痛むし首も痛む。ユキヲが「別れたいのだが」と言いだしたのは、首にあるユキヲの指の跡があらかた消えたころだったか。ユキヲの荷物の詰めかたは几帳面で、物品を薄紙に包んでから緩衝材を巻きつけ、大きいものと小さいものを組み合わせて隙間を作らぬようにして段ボール箱に詰める。私は茫然と座って眺めるばかりだ。

「亀はどうする」とユキヲが聞いた。

「亀はここに置いておくか？」

「どっちでもいい」答えると、ユキヲは少し首をかしげてから梱包作業に戻った。立ったり座ったり、手順よく詰めてゆく。

「君に亀の世話ができるかな」

「以前はできてたから、大丈夫でしょ」

ふうん、とユキヲは頷き、亀の水槽をのぞきこんだ。くちびるをとがらせ、亀に向かって息を吹きかける。

「君じゃこころもとないから俺が連れて行くか」そう言いながら、ユキヲは亀をてのひらに載せた。

「いやよ」思いがけず、強い声が出た。

私はユキヲについと近づき、亀の甲羅のふちを摑んでユキヲのてのひらから持ち上げた。亀は首を縮めた。空中で足掻《あが》いた。そのまま水槽に亀を戻した。ユキヲは目を瞠《みは》っている。

「亀は私が飼います」鹿爪らしく言うと、ユキヲは少し笑った。

「それはいい、飼いなさい」少し悲しそうに、ユキヲはほほえんだ。

「飼います」子供のような口調で、私は繰り返した。

ユキヲが水槽を覗きこんだ。私と肩を並べて覗きこんだ。二人で水族館の珍しい魚を眺めるように、仲よさげに水槽を覗いた。亀がきゅうと鳴いた。

「鳴いてる」と言うと、ユキヲは、

「え」と聞き返した。

「亀が鳴いてる」

「聞こえなかったな」

亀はきゅうと鳴いた。一回鳴いてから、間をおいてもう一回鳴いた。ユキヲは妙な表情でほほえんでいる。それはいいね、と言いながら、顔をゆがめている。

たまにはここに遊びにくる？　と聞くと、わからないな、とユキヲは答える。いつ私のつづまりはつくのだろうかとぼんやり思う。

「元気でな」とユキヲが言ったので、私も、

「元気でね」とおうむのように答えた。

ユキヲが出ていったのはその三日後で、まだ私はさだかでないが、亀には一回餌をやった。亀はときどき鳴く。

可哀相

少し、爪を立てて、枇杷《びわ》の皮を剝いた。汁がしたたり、指の腹からてのひら、腕の内側へとつたってゆく。横目してナカザワさんをうかがうと、ナカザワさんは背をまるめて足の爪をぱちんぱちんと切ってるところだった。こちらを見ていなかった。

「汁が」

小さな声で言ったが、ナカザワさんは右の耳が遠いので、わたしの声を聞きとらない。前腕の内がわを通り肘窩《ちゆうか》に枇杷の汁が溜まる。こぼさないようにそろそろとナカザワさんの左側まで移動し、これ、と言いながら見せる。ナカザワさんはくいと首を廻し、たまった枇杷の汁を一瞬の間眺め、それから汁で濡れたわたしの腕を摑みゆるくねじった。汁が畳の上に落ちる。

「こぼれちゃったよ」

言いながらナカザワさんを見上げると、ナカザワさんはうなずき、

「舐めなさい」と命じた。

「でも」

ためらう様子をしていると、ナカザワさんはもう一度、

「舐めなさい」と繰り返した。

「ちゃんと掃除してあるから」つけ加える。

ちゃんと、という言葉に笑いだすと、ナカザワさんはわたしの肩を押した。たいした力ではない、すっと押すだけである。押されて、わたしは畳の上に倒れた。こぼれている汁が頬につく。

「ほらほら、早くしないと舐めとりにくくなるよ」ナカザワさんは言って、わたしの顔を両手ではさみ、畳に押しつけた。はさまれるままに、汁を舐めはじめた。猫みたいな恰好をしていると思いながら、枇杷の味が終わって畳の味しかしなくなるまで、舐めつづけた。

「全部舐めました」言うと、ナカザワさんはわたしの顔から手をはずし、

「よしよし」と頭を撫でた。それから、ふたたび足の爪に戻り、ぱちんぱちんと大きな

音をさせながらいつまでも切りつづけた。爪を切る音を聴きながら、腕からてのひらから指から、乾きかけた枇杷の汁を、まんべんなく舐めとった。舐めとったあとも、腕や指はべとべとしていた。

「ナカザワさん」と呼びかけると、ナカザワさんは黙ってわたしを見やり、目をしばたたかせた。僅かにうなずき、わたしの腕をつまんだ。

「べたべただな」ぺろりと大きな舌でわたしの手首をひと舐めし、

「ぼくにも枇杷ください」と言った。太い指で器用に枇杷の皮を剝き、ほとんど汁をこぼさずにナカザワさんは五つ枇杷を食べた。種を皿に吐き出し、台布巾で手をぬぐうと、横たわって片肘で頭をささえ、本を読みはじめた。皿を運ぼうとしてわたしが立ち上がると、寝ころがったまま太い指でわたしの足首をむずと摑み、

「片づけなくていいよ」と言った。

「そこに座ってなさい」顎をしゃくって座布団を示す。正座して十分ほど居たが、ナカザワさんは本を読みつづけている。膝を崩してさらに十分居たが、ナカザワさんは熱心なのか熱心でないのかよくわからぬ様子で読みつづける。座布団からはずれようとすると、静かな声で、

そのまま、一時間以上、座布団にじっとさせられていた。

「だめだ」と言う。

ナカザワさんとは、以前一緒に仕事をしたのである。それ以来ちょくちょく会うようになった。

いつでも突然電話をかけてきて、繁華街でないような駅で待っていると言う。支度して行くと、改札口にナカザワさんはぼうと立っているのだ。わたしが気づく前に、ナカザワさんはわたしを見つける。ナカザワさんがわたしを見つけたとたんにわたしもナカザワさんを見つける。糸みたいなものでひっぱられるのだ。ナカザワさんがくいくいと引っ張ると、糸の先についたわたしのくびがナカザワさんに向くのだ。

ナカザワさんの側に寄ると、ナカザワさんはたいそうな笑顔を必ず一回つくり、くっきりと表情を停止させ、それからじょじょに笑いを解いてからは、何も言わずに歩きはじめる。わたしよりもずいぶん大股で、思い定めてきた道を歩く足どりで、迷いなく歩きはじめる。

「このへん、よく来るの」と聞くと、

「はじめて」と答える。

たいてい、はじめてだ。それならどうしてこの駅で、と思うが、問うてもナカザワさんは理由を言いはしないだろう。なんとなく、などと答えるだけだろう。問うかわりにナカザワさんの左側に並ぶ。ノカザワさんの聞こえる左の耳の側に並ぶ。

「緑がきれいだ」ナカザワさんがつぶやき、わたしはうなずく。

「きれい」きれい、というわたしの相槌がナカザワさんの左耳に吸いこまれる。ナカザワさんはわたしの相槌には答えない。

「ここで、しようか」草っぱらがあったりすると、ナカザワさんは言う。

「やだよう」

「どうして」

「ちくちく痛い」

「痛いか、それは可哀相だ」

しかし、ナカザワさんは肌をあわせるときにはたいがいわたしを痛くするのだ。今までのひとたちは痛かったっけかと思いながら、わたしはナカザワさんの足や腕でもって、ときには道具でもって、痛くされる。

ナカザワさんより前のことはうまく思い出せない。覚えているのに、思い出せない。ナカザワさんみたいでなかったことはわかるが、それではナカザワさんとどう違うのか。思い出せない。

「ナカザワさんだって痛くなるわよ、膝とか」

「立ってすればいいよ」

「ほんとに、するの？」

「さてどうしようか」

ナカザワさんとわたしはゆっくり歩いてゆく。鳥が鳴けば鳥の名前をいいあう。大きなトラックが通ればナンバーの地名を読みあう。手はつなぐときもあるしつながないときもある。後になり先になり、ただし必ずわたしがナカザワさんの左側につき、一時間ほど歩く。それから駅に戻ってホームで別れるのである。

「これ」と、ナカザワさんに一本渡された。一本、蛸の足を渡された。

「生で食べられるから」

ビニールの袋の中に、大きな吸盤を持つ白い足が入っている。

「薄く、切ってよ」

ナカザワさんは大きな猪口に四合瓶から酒を注ぎ、ちゃぶ台の前にあぐらをかいた。冷蔵庫からすぐきの漬物を出して、小皿に盛り、つまんでいる。

「仕事今してるから」とわたしが言うと、

「それじゃあ待ってる」と答え、静かに酒を飲みつづけた。

しばらく机に向かって仕事をしているうちにナカザワさんのことを忘れたが、外を救急車が通ったので顔を上げると、ナカザワさんはちゃぶ台の前に横たわっていた。手枕をして眠っている。ひとつも音を立てずに、死んでいるみたいだった。

「ナカザワさん」と呼びかけたが、ぴくりとも動かない。顔の皺が深い。皮膚の表面がつやを失って、からだ全体が平らである。

「眠ってるの」もう一度、呼びかけた。まだ動かない。傍に寄って息を確かめると、かすかに音が聞こえる。

「死んでないよね」死んでいないことは知ったが、もしかして死にかけているのかもしれないと思い、重ねて呼びかけた。ナカザワさんが死にかけているのかもしれないと思ったとたん、反射みたいに涙がざわざわ流れはじめた。死ぬという意味やらナカザワさんの死んだ後の自分の気持ちやら、頭に浮かぶ暇もない間に、ざわざわ流れはじめた。

「何してんの」目を開けたナカザワさんが聞いた。

「し、知らないよ」大きな音をたてて鼻をかみながら、答えた。

「へんなこと考えてたでしょ」

「考えてない」

「じゃどうしたの」

「考えないのになんかわかったような感じになった」

「何がわかったの」

「ほんとはわかってないからわからない」

蛸切ってくださいよ、とナカザワさんはわたしの涙を太い指でいじりながら言った。鼻紙を三枚差し出した。よくちんしなさいよ、と言いながら、差し出した。

「切れない」

「切れないか」

「下手なんだ、薄く切るの」

「じゃぼくが切ろう」

ナカザワさんが切った蛸はずいぶん厚かった。わたしが切った方がまだましだったかもしれない。嚙むのに力がいった。くちゃくちゃ二人で蛸を嚙み、四合瓶を空にした。空になるころにナカザワさんはまた手枕で眠りはじめた。死体みたいに見えるかとじっと観察したが、このたびはナカザワさんはつやつやしていた。さきほど涙が噴き出したときの気分を再現してみて、何がわかったんだったか思い出そうとしたが、わかったはずのことはどこかに行ってしまっていた。やっぱり何もわかってなかったのかとつぶやきながら、ナカザワさんの腹の上に頭をのせた。柔らかくて、いろんな音がした。ナカザワさんがふだん喋る言葉よりもずっと多岐にわたる音がしていた。蛸は嚙みにくかったがおいしかった。布団を敷いてナカザワさんをころがして載せた。掛布団をかぶせ、ナカザワさんにかじりつくようにしてわたしも布団にもぐった。電気を消すと怖いというナカザワさんのために、小さい電気をつけておいた。ほの暗い部屋のちゃぶ台の上に、空の四合瓶と大小の猪口が影じみて置かれてあった。

挑むような、神妙な、でも少しだけ笑いだしそうな表情をしている。そういう表情のとき、ナカザワさんはわたしを痛くする。最初から痛くしたのではなかった。会って間もなくのころは、ナカザワさんの太い指はわたしの表面をゆっくりなぞったり軽く押したりするだけだった。じょじょに、試すように、痛くしていったのでもなかった。ナカザワさんからもう離れられない、と思うようになってから、痛くしたのでもなかった。離れられない、と思ったときにもたぶん離れられるのだ。られない、などということは、この濁世《じょくせ》にあるわけがない。られない、と思いこみたいだけだろう。ナカザワさんからは、あるとき何のまえぶれもなく、ふと、痛くされた。

「花みたいなものが見えたよ」いつか言ったことがあったのかもしれない。

「なにそれ」ナカザワさんは目をみひらいたのだったか。

「いちめんに、花がね」

「それって、ものすごく気持ちよかったってことか」

「うんまあ」

「たとえが陳腐だって思わんかきみ」

「まあそうかも」

でも、ほんとうはたとえではなかった。へんな場所に連れていかれたのだ。へんな、暗い、明るい、花も咲いていて雲も流れている、気持ちのいい、狭い場所に連れていかれたのだ。達する、という物理的な反応だけでない、たぶん脳の中の神経伝達がうまい具合にまたは妙な具合にいったのだろう、からだの局所だけでなく、自分自身自分ぜんたいが、ひょうと管の中みたいなところを通ってどこかに運ばれていく心もちになったのである。

「ナカザワさんって、上手なの？」

「そんなことはない」

「そんなことないのか」

「上手の手から水が漏れる、くらいのもんだ」

「そういう言い方って、陳腐じゃないの？」

「陳腐とはちがうな。こういうのは、くだらないっていう」

蟹が小さな泡をふくような調子で、そのようなことを布団の中で言い合った。言い合いながら、いつの間にか、ナカザワさんはわたしを痛くするようになった。

「痛いか」ナカザワさんは聞く。

「痛い」と言えば、ナカザワさんは少しゆるめる。

「まだ痛いか」

「さっきよりは痛くない」

　確かめながら、ナカザワさんは痛くする。痛くされたならば、わたしは我慢するのである。痛くされないころには、我慢するのでなくどんどん外に向かっていったのに、痛くされれば、からだは内へ内へと向かうのだ。

「どうして痛くするの」と聞いたこともあった。すっかり終わって、ナカザワさんの足に自分の足をからめながら、聞いたのだったか。

「してみたくなった」

「痛くすることでお話つくってるの？」

　ナカザワさんは、しばらく考えていた。わたしもしばらく考えた。

「違うみたいだな」

　違う。ナカザワさんと、する、ときには、物語みたいなものはほとんど必要ないのだ。物語がありすぎると、ナカザワさんとでなくともよくなってしまう。誰とだってよくなってしまう。是が非でも、なにがなんでも、ナカザワさんとでなければいけないというわけではないのだが、ナカザワさんとでなければ、やはりなんともつまらない。ずいぶんおもしろくない。

「じゃあどうして痛くするの」

「よくわからんな」

「痛くされるのって、いいな」

「いいか」

「いい。ナカザワさんも痛くされたい？」

「そのうちされたくなるかもしれない」

「そしたらしてあげる。そしたらいつでもしてあげる」

小さい電気を灯して、ナカザワさんの左側で、してあげる、と何回か言っているうちに、ナカザワさんは眠った。でもどうして痛いのがいいんだろう、痛いのはいやなことなのに、知らないふりをしながら物語をつくってしまっているんだろうか、つくっていないふりをしてつくっているんだろうか、裏返しみたいなことをして楽しもうとしてるんだろうか、一時の優劣をつくってかたちにはまろうとしているんだろうか、どれも違うような気がしたが、考えているうちに眠くなった、ナカザワさんにつかまって寝入った。

きっちりと縛られて、びくとも動けないようになった。

常よりもさらに痛く、されている。

ゆるみがないぶん、ますます物語が入って来られなくなる。ただ、痛みだけがある。

ナカザワさんはいつもの神妙な表情で、わたしをみおろしている。顔をそむけると、

「ぼくを見なさい」と言った。

「はい」こういうときは、はい、なのだな、うん、ではないな、形式美なのかな、ナカザワさんに聞いてみたいな、そう思いながら、ナカザワさんへ向いた。まなざしは向けず、顔だけを向けた。聞いてみたかったが、聞かなかった。ナカザワさんは真面目だから、答えてくれるだろうけれど、少し鼻白むにちがいない。

ナカザワさんはわたしのくびを撫ぜた。両手で、包むように、柔らかく撫ぜた。次第にくびは暖かくなってくる。目を閉じると、

「目は開けて」と言われる。

くびを撫ぜつづけながら、ナカザワさんはくちびるを乳房に持ってくる。あ、と声を出すと、

「静かに」とナカザワさんは叱った。

執拗に、乳房にくちびるを当てるので、どうしても声が出る。出てしまうものなのだなあ、静かにしたいのに、でもほんとうは静かにできるのにしないだけなのかもしれない、静かにと叱られたくてしかたないだけなのかもしれない、ナカザワさんはそういうわたしの気分も全部知っているにちがいない。

「静かにしなさい」ナカザワさんはわたしが願った通りの声でおごそかに叱った。

ナカザワさんの動きがますますなめらかになり、わたしは考えることを止める。かんたんに、考えることは、止められるのだ。止めようと思えば、止められるのだ。しかし油断すればひょいと考えてしまっている。ナカザワさんだってそうにちがいない。ひょいと考えはじめてしまったナカザワさんは、動きが遅くなったり目が泳いだりする。そこまでの動作にならなくとも、一瞬のたゆたいがある。

「痛いの」わたしの声が出る。甘い、かすかな声が出る。

「痛いか」ナカザワさんはみおろしながら、言う。

「いたい」

ナカザワさんはおおいかぶさり、揺らし、止まり、旋回し、自在にする。考えたいのに考えられなくなる時間がくる。られない、などということは、あるわけがないのに、ほんとうに、られない、ようになりかける。なりたくてしかたないので、限りなく、られない、に近づく。られない、そのものではなくとも、られない、に、一番近いところまでいってしまう。

わたしの顔が公式にしたがうがごとくゆがむころ、ナカザワさんは動きをゆるめてわたしを凝視する。

「目を開けなさい」何回目だろうか、ナカザワさんが命ずる。

「はい」小さく答え、目を、ようやく開ける。

ナカザワさんの顔が、真上にある。なめらかな動きはつづき、しかし、ナカザワさんのからだにたゆたいがあることが、はっきりと感じられる。わたしはけっしてたゆたえない。動けないようにしっかり縛られながらも、身の内のなにもかもが激しく動いている。ナカザワさんはわたしの顔に接吻をいくつもして、わたしの頬を太い指でゆっくり撫ぜた。

「あ」

出してはいけない声が出る。叱られても叱られなくとも、もうどちらでもよかった。

「ナカザワさん」悲しそうな、声が出た。

ナカザワさんはみおろした。

「よしよし」と言いながら、わたしのひたいを撫ぜた。

「いい子だ」

からだじゅうが、痛かった。ただ痛いだけだった。なぜ痛くされるのか、怒りに近い、しかし怒りではないものが、わたしに悲しそうな声をさせた。

「可哀相に」ナカザワさんはみおろしながら、言った。

言ってから、ナカザワさんはたゆたうのを止め、容赦ない動きを始めた。終わってから、ナカザワさんはもう一度、

「可哀相に」と言った。

「なにが、可哀相なの」

「みんな、可哀相」

ナカザワさんは、以前の、死体のような様子になっている。ようやくいましめを解かれたわたしだって、死体みたいなものだ。死体みたいだけれど、ほんものの死体ではない。考えが、戻ってきて、痛くされるわたしのことや痛くしているナカザワさんのことを、あれこれ思いめぐらせている。死体だったら思いめぐらせられまい。

「ナカザワさん」

ナカザワさんは答えなかった。眠っていた。力をこめてナカザワさんを抱きしめると、長いため息のようなものを、眠ったままのナカザワさんはついた。もう一度抱きしめると、すうすうと放屁した。

「痛かったよ」ナカザワさんの耳元で言うと、

「そうねぼくもね」とナカザワさんは答えた。律儀に、眠りながら、答えた。ナカザワさんの腕の下に、わたしはまるまった。最初固くまるまっていたが、そのうちにゆるんだ。痛いときにもゆるんでいたな、そんなふうに思いながら、わたしも眠りに入っていった。


敷石のふちを、そろそろと歩いた。よろけながら歩いていると、ナカザワさんが手を貸してくれる。観覧車に乗って、高いところまで行ってきたところだった。雲が一つ二つ、刷いたようにあるだけだった。人出を高みから見渡した。

「おでん食べたいねえ」ナカザワさんが言った。

「暑いのに」

「おでんで、ちょっとカップ酒をさ」

「こんな高いところに来てまで、お酒のこと考えてるの」

「高いところだからねえ、ますます飲みたくなる」

「下りになったらおさまるよ、それなら」

ナカザワさんは下りに入ってからも、何回でもおでんだのフランクフルトだの酒だの生ビールだの言って、笑った。

「ナカザワさんが遊園地好きだなんて知らなかった」

「なんかしあわせな感じでしょ、遊園地って」

「さみしいっていう人もいるよ」

「どこがさみしいの、遊園地の」

「人が多くてジンタかなんかが鳴ってて夕方になると電気がこうこうとついて」

「さみしくないよ」

「ビール飲もうか」

「昼間っから飲むんですか、まあまあこの人は」ナカザワさんは裏声で言いながら、ビールの大缶を二本買った。フランクフルトもおでんもポップコーンも買った。メリーゴーランドとジェットコースターに乗り、お化け屋敷に入った。射的でかえるの人形を三個取り、焼きそばを食べた。

夕方になり、電飾がつくころ、ふたたびメリーゴーランドに乗った。馬ではなく、馬車のようなものにナカザワさんと並んで座った。ナカザワさんはまっすぐ前を向いた。わたしもまっすぐ前を向いた。回転が始まると、前を向いたままのナカザワさんとわたしを乗せて、馬車はゆるやかにすべりはじめた。軽い遠心力がかかり、ナカザワさんとわたしは僅かに傾いた。どちらからともなく手をつないだ。いつものように、わたしがナカザワさんの左側に座っている。

「ナカザワさん」呼ぶと、ナカザワさんはわたしを眺めた。

「なに。どうしたの」

「ナカザワさん」

何かを言いたいのに、何を言っていいのかわからなかった。

ナカザワさんも口を開きかけたが、開きかけた口を「あ」のかたちにさせたままだ。

「遊園地って、しあわせだね」ようやく、思いついて、わたしは言った。

「ほらみろ」

「遊園地がしあわせだっていう言い方、へんだね、でも」

「遊園地はね、頭が大きくて笛吹くのが上手なじいさんだから、その言い方でいいんだよ」

「おじいさんか」

「じいさんだ」

「ナカザワさん」

「止まるよ」

　メリーゴーランドの回転が遅くなりかかっていた。今までナカザワさんと一緒にいた時間のことがまったく思い出せなくなっていた。まわりが真っ白になって、地面も空もわからなくなって、隣にいるナカザワさんが今にもひらひらどこかに飛んでいってしまいそうな気がした。笛吹き上手な遊園地じいさんにくっついて、すぐにどこかに消えていってしまいそうな気がした。ナカザワさんにかじりついて、ナカザワさんを歩きにくくさせた。こわくて、いつまでもかじりついていた。可哀相。みんな可哀相。ナカザワさんの真似をして言った。遊園地は夜になっても、いつまでも明るかった。

七面鳥が

「大きな、七面鳥が、胸の上に乗っかってきた記憶がね」

ハシバさんは、突然姿勢を正して言ったのだ。

「そういう記憶がね、たしかにあるよ」

七面鳥？　聞き返すと、ハシバさんは、七面鳥、と真面目に頷いた。

「ナカタの伯母の家に、毎年夏になると泊まりに行ってね、そこで七面鳥に乗られたわけだ」

ナカタの伯母の家は、古い農家だった、お盆になると、親族が集まった。迎え火を焚き、茄子や胡瓜を籠に盛り、仏壇には果物や派手な色で彩色した菓子を供えた。伯母や母や叔母たちは、厨房を湯気でいっぱいにした、包丁がまな板に当たる「トットットッ」という音が盛んに鳴りわたった。折敷《おしき》の上に碗や皿が載せられ、厨房から座敷へと運ばれた。人数ぶんの折敷を運ぶために、女たちは何回でも厨房と座敷の間を往復した。「すり足で、ささげ持つようにして、朱塗りの折敷を運ぶんだよ」ハシバさんは宙を眺めながら、ゆっくりと説明した。

幼いハシバさんは、廊下の端に膝をかかえて座り、目の前を過ぎる母や叔母たちの足をいつも眺めていた。足はどれも白く豊かだった。廊下は二間ほどの幅があった。背の低い抽出簞笥や棚が壁ぎわの暗がりにいくつも並べられ、古い皿や茶碗、反故《ほご》や錆びた農具などが雑多に置かれていた。醬油や揚げ物の匂いの底からは、線香のしぶとい匂いがたちのぼっていた。お盆の間線香は一日じゅう絶やされることなく焚かれた。女たちの足を眺めることに飽きると、ハシバさんは背の高い仏壇の前に座り、過去帳をめくってみたり、木魚を叩いてみたり、鈴《りん》を鳴らしてみたりした。昼間坊さんが座っていたざぶとんに座り、お経を真似てなにやら唱えたりした。そのうちに食事の用意が整い、ハシバさんも下座に連なる。酒がまわされ、女たちは給仕をしながらも盛んにうち食らう、男たちの顔が赤黒く酒に染まってゆく。

「食事が進み、酒もだいぶん入って来たころにはもう夜も更けていてね、やがて僕は奥の部屋に連れていかれ、布団に入らされるんだけど」

小さな灯のともる六畳ほどの部屋の外は縁側だった。暑いので、障子も戸も開け放たれ、土や草の匂いが部屋の中まで入ってきた。床下から早鳴きのこおろぎの声が聞こえていた。

「いつの間にかうとうと眠って、ふと目覚めると、寝巻きははだけ布団からは半分体がはみ出し肌掛けは横に飛び、それで」

気がつくと、幼いハシバさんの胸の上に、得体の知れない大きなものがのっかっていたのであった。そのものはあたたかく、ぐるぐるいう音をたて、ハシバさんをひどく圧迫した。

「座敷からの唄声や叫び声がかすかに聞こえるんだが、まだ目が覚めきらない。重いんだよ。ものすごく重い」ハシバさんは、なんだか愉快そうに言った。

「七面鳥は、肢を折って、腹をぺったりと僕の胸の上に置いて、ぐるる、ぐるる、と喉を鳴らしてたんだな。僕の上で、すっかり落ちついちゃって。それが実におっきな七面鳥でねえ」

言いながら、ハシバさんは両手を大きく広げ、七面鳥の大きさを示した。示された幅は鮪ほどのものだった。

「七面鳥って、そんなに大きかったっけ」わたしが言うと、ハシバさんは大仰に頷き、

「そりゃもう。並の七面鳥じゃなかったね」と答えた。ハシバさんの言うことは、どこまでが真実でどこまでが嘘なのか、さっぱりわからない。以前に、ハシバさんが「女とね、心中しかかったことがあって」と始めたことがあり、わたしは瞬間ずいぶん神妙になった、しかし直後にハシバさんは、

「死のうと思って酒を浴びるほど飲んだ、それがさ、酒に強い女で。僕だってそうとう強い方だしさ、結局二人とも死ねずに、翌日ひどいふつかよいになっただけ」などとそらとぼけるのだった。

「お酒飲んでも、ふつう死ねないんじゃないの」と聞くと、

「トキコさん、君って真面目な人ね」とくる。

「お酒、たくさん飲んだっていうだけの話じゃない、それじゃ」ハシバさんに「真面目」と言われいまいましく思ったので、言いつのった。

「そこが機微っていうか。人生っていうか。トキコさんさあ、酒飲もうよ、そんなこと真面目に考えてないで」

「ハシバさんが始めた話じゃないのよ」

そんなやりとりがあったんだったか、結局その日もハシバさんと安い酒を飲みに行き、当然の結果として「そうとう酒に強い」ハシバさんよりもわたしが先に酔い果て、ハシバさんとはいぜん「深い仲」にはなれずに、終わることになった。わたしはいつだってハシバさんと「深い仲」になりたいのだが、ハシバさんがさせてくれない。「深い仲」になりそうになっても、ハシバさんは巧妙にぬらくらとすり抜ける。

「七面鳥って、どんな鳴き声たてるの」

「さあね、胸の上の七面鳥は鳴かなかったよ。ぐるぐる喉鳴らしてただけでさ」

「七面鳥に乗られて、どんなだった」

「なんかさ、こう、うっとりしたよ。怖かったけど、うっとりした」

そんな会話を交わしたのだったか。翌日はふつかよいで歩いていても座っていても体がぐらぐらと揺れた。揺れるたびに七面鳥のことを思った。いつか遠い昔に、わたしも七面鳥に乗られたことがあったような気がしてくるのだった。七面鳥は、重くてあたたかくて湿っていたように思う。ハシバさんに乗られるのはどんなだろう。七面鳥よりももっとあたたかくて重いことだろう。ぼうとした頭の中で七面鳥とハシバさんがごっちゃになって、気持ちいいような悪いような、七面鳥とハシバさんは妙に似合っていた。

ハシバさんに乗られるのではなくわたしが七面鳥のようにハシバさんに乗るのはどうだろう。ハシバさんの上でぐるぐる喉を鳴らしながら、いつまでもハシバさんの上にとまっているのはどうだろう。庭からは湿った土の匂いが漂ってくるにちがいない、座敷からは嬌声や唄う声が遠く響いてくるにちがいない、ご先祖さまは迎え火をめざして寄ってくるにちがいない、庭の奥にはご先祖さまの灯す火がぼうと光るにちがいない、七面鳥になりかわってハシバさんを蹂躪《じゅうりん》してやりたかった。しかしハシバさんをかんたんに蹂躪できるとは思えない。ハシバさんはあれで十分にしぶといのだから、しかたない、七面鳥に倣ってハシバさんの上でじっと眠ったように丸くなっていることにしようか。

そんなことを思ってから少しして、わたしは実際に巨大な七面鳥のようなものに乗られてしまった。

少しだけ知った男に、蹂躪されたのである。ハシバさんを蹂躪してやりたいなんて考えたからいけなかったんだろうか、男と二人きりになって嫌な感じがしたと思ったらもう蹂躪されていた。途中から抵抗する気が失せ、そのままにしていたら男はあんがい早く終えた。終わった後に無言でいたら、男は覗きこみ、

「好きだったんで」などと言う。

「わたしはあんたが大嫌い」と答えると、男は少しだけわたしを眺めてから、一度は手を上げたが、しばらく迷い、結局は殴らずに手をおろした。かわりにひとことふたこと、捨てぜりふみたいなことを言って、去った。

「たぶん、される前に同じこと言ってたら、殴られただろうなあ」と、ハシバさんが落ち着きはらった声で言うので、なぐさめられた。揶揄《やゆ》するような言いかただった。揶揄であるがゆえに、なぐさめられた。

酔って、口が軽くなって、ついハシバさんに言いつけたのである。言いつけられるくらいの、口にできるくらいの、ことでしかなかったと、自分に言い聞かせたかったのだろう。よりによって「深い仲」になりたいハシバさんに言うのもどうかと思ったが、ハシバさんには、人が何もかもを話してしまいたくなるような感じがある。人を油断させてくれるところがある。

「オクラでも食べますかね」ハシバさんはのんびりした口調で問うた。問いかけたくせに、わたしの返事を待たずに、すぐさま注文する。じきに大根おろしと小口から切ったオクラがまざったものが出てきた。

「これね、おいしいよ。少し酢をかけて食べるといい」

　ハシバさんは言いながら酢をたっぷりかけた。

「そんなにかけたら酸っぱい」

「酢は体にいいんだぞ、昔よく聞かせられたろう、サーカスに売られた子供が酢を飲まされて体を柔らかくする話」

「体に悪そう、それって」

「悪くないよ。サーカスといえば、空中ぶらんこが好きだな、僕は」

　とりとめもない。ハシバさんは、いつもそうだ。とりとめもなくて、どうしても摑まえられない。どうしてもハシバさんを摑まえられないうえに、嫌いな男に蹂躪された。そう思いはじめると、涙が出てきた。

「泣いてるの」ハシバさんが聞いた。

「べつに」べつに、と言いながら、おおいに涙を流した。声は出さずに、しかし滂沱《ぼうだ》の涙をあふれさせてやった。

「泣くなよ」

「泣くわよ」

「泣くと美人がだいなしだぞ」

「美人って思ってないくせに」

「いや、考えようによってはこれがあんがいな美人だ」

「何よ、その考えようっていうのは」

「まあそういうことだ」

「四十歳にもなった女はめったに美人なんて言われる機会がないんだから、もっときちんと説明してよ」

「四十歳っていう年齢が機会をせばめてるんじゃなくて、もともとの素地が機会をせばめてるんだろ」ハシバさんが笑いながら言った。

こんなふうに、とりとめがなくなる。ハシバさんは、ゆっくりと酒をすすっている。オクラをねとねと食べている。涙はいつの間にか止まっていた。とりとめもなくなるので、すぐに止まってしまう。四十歳にもなって、強姦されたのなんのと言うことがためらわれるのだ。年齢それ自体の引け目からではない、年齢相応の智慧のついていない引け目からである。うかうかと蹂躙される機会を与えてしまった智慧のなさによる引け目からなのである。

「よくわからないのよ」オクラをハシバさんと一緒につつきながら、わたしは言った。

「なにが」

「もしかするとあれは合意だったのかもしれない、とかね」

「合意って言葉の響き、なんか恐ろしいな」ちょっと横を向き、店の人に、めざし、と大声で注文してから、注文の声とは調子をがらりと変えて、ハシバさんはささやいた。その調子の変えかたが、いかにもハシバさんだった。

しばらくわたしも酒をすすった。そのときのことは、すでにはっきりとは思い出せなくなっている。靄《もや》がかかったようなのである。靄越しに、自分の反応がぼんやり見えるだけである。

「合意って言葉には、杓子定規な気分が含まれてる」

「そう?」

「そうさ」

「意味がよくわからない」

ハシバさんは正面からわたしの顔を見つめた。

「合意ってものをするには、はっきりした合意目標みたいなもんがなきゃならん」

「合意目標ってなに」

「僕が今つくった言葉」

「へんなの」

「へんだ。へんなんだ。人と人がいるときに、目標なんてあるのはへんだろ」

「そうかな」

「自然に、なるようになってくのが、いいもんなのに」

なるようになっていくのを待っていると、わたしはちっともハシバさんと深い仲になれない。なるようになっていくのを待たずに、男はわたしを蹂躪した。なるように抵抗できなかったことを、わたしはくよくよしている。さらにいえば、蹂躪される機会をつくったこと自体が、なるようになった結果なのかもしれないと、わたしはくよくよするわけである。

「なるようになったんだか、無理になんだかがわからないのが、きもちわるいのよ」わたしが言うと、ハシバさんはわたしの杯に酒を酌んでくれた。もう一度、ここで泣いてハシバさんによよと寄りかかれば、もしかしたら深い仲になれるかもしれなかったが、それも、きもちわるいことだった。

しかたなく、わたしはがみがみした。がみがみした声で、ばかやろ、と言った。三回も四回も、がみがみ言った。

「ばかやろ」

「少し、気がすんだ？」ばかやろ、がおさまってしばらくしてから、ハシバさんは聞いた。めざしをくちくちと噛みながら、聞いた。

「すむわけないじゃない」がみがみの残った声で答えた。男のせいだけにできれば、楽なのだ。どこまでが男の蹂躙で、どこまでがわたしの譲歩か、自分でもはかれないところが、困ったところなのだった。

「めざし、おいしいよ」ハシバさんが呑気な声で勧める。

「七面鳥でも、飼おうかな」めざしを噛み切りながら、言ってみた。

「部屋の中で飼うのか」

「そうね」

「檻に入れるのはあわれだ」

「食べるのよ、太らせて」

「女の二の腕のうらがわって、どうして白いんだろう」

「なによ突然」

「うちももだの二の腕だの、男より女のほうが白い」

「七面鳥飼うわよわたしは」

「ナカタの伯母も、あのころたくさんいた伯母たちも、母も、死んじゃったなあ」

ハシバさんとわたしはめざしを噛み、ホルモン焼きを噛み、漬物の胡瓜や大根を噛み、いくらでも杯を重ねた。珍しくハシバさんも酔ってきていた。ハシバさんが酔っている、と気がつくと、わたしの酔いは一瞬醒めた。もしかするとハシバさんと深い仲になれるかもしれないという思いが、醒めと共に、きた。このままハシバさんを酔わせれば、深い仲にもっていけるかもしれないという思いが、きた。

「出ようか」とわたしは言い、酔ってゆらゆらしているハシバさんを座らせたまま、勘定を払った。それからハシバさんを立たせて、腕をとり、暖簾《のれん》をくぐって外へ出た。

ところが外へ出たとたんに、ふたたびわたしに深い酔いが戻ってきてしまった。いれかわりのように、ゆらゆらしていたハシバさんの姿勢が正しくなる。

「きもちわるい」と最後まで言う間もなく、わたしはしゃがんだ。

「きもちわるいか」ハシバさんは立ったまま、ぼうとした声で言った。

「吐いちゃう、もう」と言いながら、吐いた。ハシバさんの前なので、恥ずかしくて、吐くには吐いたが、調子よく吐けなかった。つっかえつっかえ、吐いた。

「トキコさん」

吐いている背中越しに、ハシバさんの声が聞こえてくる。

「トキコさん、僕も吐こうかな」なんともない声で言う。

「は、吐けば」なんともなくない声で答える。

答えたとたんに、ハシバさんは並んでしゃがみ、整然と吐き始めた。ハシバさんの喉が鳴る音で、自分の喉の音がかき消されるので、さきほどよりも調子よく吐けるようになった。二人して、いっせいに、吐いた。ハシバさんが吐いて、わたしが吐く。わたしが吐いて、ハシバさんが吐く。よくできたかけあいのように、吐きつづけた。

「どう」吐くものもなくなったころ、ハシバさんがさきほどと同じ、なんともない声で、聞いた。

「口ゆすぎたい」わたしもさきほどと同じ、なんともなくない声で答える。

ハシバさんは少し歩いてゆき、ひっこんだところにある古い自動販売機から、緑茶を出した。戻ってきながら缶を開け、口に含んでは地面にはきだす。

「トキコさんもくちゅくちゅしなさいよ」ハシバさんが、使った残りの緑茶を差しだす。

「よごしちゃったね」わたしが言うと、

「ここ、土だから、栄養になるでしょ、植物の」ハシバさんは平気で答えた。

「ならないわよ」

「なるさ、胡瓜とオクラと大根とめざしとホルモンが土に還っただけだよ」

緑茶で口をゆすぐと、口の中が涼しくなった。

「お茶、もったいなかったね」

「茶も植物だから、土に戻って嬉しがってるさ」

少し、いらいらした。ハシバさんのいう、なるようになるのが一番、は、嘘のような気がした。なるようになることなんて、あり得ないんじゃないか。なるようになっているように見えるだけで、ほんとうはぜんぜんなっていないんじゃないか。

「ハシバさん、どっかにしけこもう」いらいらしながら、わたしは言った。思わず、言ってしまった。

「しけこむって、トキコさん、古い言葉使うね」

「行くの、行かないの」やけになって、叫んだ。

「トキコさん、そういう場所、知ってるの？」

「このへんのは知らないけど、捜せばあるでしょ」

七面鳥はさ、これがあんがい可愛いんだよ、などと話を逸らされるかと思っていたが、ハシバさんはこれがあんがいかんたんに、

「じゃあ捜そう」と言った。

「しけこもうぜ」わたしを真似て言い、わたしの肩に腕をまわし、歩きはじめた。ハシバさんにひきずられるようにして、わたしも歩きはじめた。


夜が、暗い。こんなに暗い土地だったろうか。

ハシバさんと手をつないで、わたしは歩いていた。ハシバさんの手は冷たい。

歩いているうちに、どんどん屈した気分になってきた。屈すると共に、足が重たくなる。足の中に鉛かなにかが埋めこまれているような心もちになってくる。いつの間にか、ハシバさんはわたしの前を歩いていた。次第にハシバさんとの距離がひらいてゆく。

「待って」と呼びかけると、ハシバさんは軽く後ろを振り向き、わたしが追いつくまで

たたずむ。わたしが追いつく一瞬前に、ハシバさんはふたたび足を進めはじめる。しばらくすると、またハシバさんとわたしの間に距離ができる。何回でもそんなことを繰り返し、最後は呼びかけることも面倒になった。

「やんなった」とつぶやきながら、わたしは地面に座りこんだ。ハシバさんは、振り向かない。そのまま、歩いていってしまう。ハシバさんにもう追いつかなくていいやと思い、尻が痛くならないよう鞄から本を一冊とり出して、敷いた。本を踏んだり敷いたりすると罰が当たるよ、昔父にそう叱られたものだった。ハシバさんを、一瞬ひどく憎んだ。ハシバさんには何の咎もないことはよく知っていたが、憎んだ。

「ハシバさん」小さな声で、ハシバさんには絶対に届かない声で、呼びかけた。ハシバさんは歩いてゆく。振り向かない。

「ハシバさん、好きなの」呼びかけた。

好き、という意味がよくわからない。手前勝手な言葉だ。男はわたしを蹂躙した後に、「好きだったんで」などと言った。わたしはハシバさんが好きなので、ハシバさんとどうにかしてしけこもうとしている。ハシバさんが好きなのは、ホルモン焼きとレバ刺しと漬物だ。七面鳥はハシバさんのことが好きだったんだろうか。ハシバさんが戻ってきて、わたしの横に立った。

「トキコさん、どうした」

「ハシバさん、好きなの」もう一度、言った。

「そうか、そうか」ハシバさんはわたしの頭のてっぺんを撫でた。撫でられて、涙が出た。くやしくて、涙が出はじめた。

「泣いてるね」ハシバさんが言った。ふたたび、ハシバさんを強く憎んだ。強く憎む自分の理不尽に腹がたって、さらに強く、自分を憎んだ。いっさいがっさいひっくるめて、世の中ぜんぶを憎んだ。

「泣いてるね」ハシバさんが、繰り返した。憎むのは、かんたんだからだ。憎めば、それで済んでしまう。憎んだとたんに何かが止まってしまう。泣いたり、憎んだり、笑ったりすると、それでもうおしまいだ。でも、ほんとうのところ、ものごとはおしまいには決してならない。いつまでだって、続いてゆく。死んでしまうまで、たぶん、続いてゆく。

「泣いてるのよ」言って、ハシバさんに身を寄せた。ハシバさんは、わたしを抱きしめた。抱きしめられて、嬉しかった。憎みながら、嬉しかった。ハシバさんの上にのっかりたくなった。七面鳥のように、喉をぐるぐる鳴らし、静かにのっかっていきたくなった。

「しけこむ場所がみつからんよ」ハシバさんが天を仰ぎながら、言った。

「もういいよ」わたしは答え、ハシバさんの腕をそっとほどいた。暗さに目が慣れて、ものの輪郭が見えてくる。電信柱や、轍《わだち》や、水たまりや、草むらの輪郭が、切り絵のように浮かびあがってくる。泣きやんで、わたしは立ち上がった。

「どこいくの」ハシバさんが聞いた。

「どこもいかない」答えて、草むらの奥に入っていった。夏草は高くそびえている。雑草なのに、わたしよりも丈高く育っている。太い茎に猛々しいような葉が生え揃っている。草むらはあんがい奥行きが広かった。町中の狭い空き地かと思っていたが、どこまでいっても草が続いていた。奥に行くにしたがって、雑草の背はますます高くなる。自分が縮んでいくような心もちだった。縮んで、かまきりやこおろぎほどの大きさになって、草の間にまぎれこむような心もちだった。

「そんなところに入っていくなよ」ハシバさんが呼んだ。ハシバさんも来てよ、心の中でわたしも呼び返したが、ハシバさんは座ったまま、呼びかけるばかりだ。何回も、ハシバさん来てよ、と念じたが、ハシバさんはぜんぜん動こうとしない。

「帰っておいでよ」ハシバさんが優しい声で言う。わたしは依怙地になって草の中に立ちつくす。じっとしているうちに、ますます虫みたいな心もちになってくる。いっそのこと虫になってしまおうか、虫となって一夜二夜鳴きつくし、つがって産んで土に還らんことか。

「トキコさん」と呼びかけるハシバさんの姿が、見えない。草が密に生えているので、見えない。草むらの中は、暗い。道の辺よりも、よほど暗い。暗い中で、息をひそめているのがここちよかった。ハシバさんや男や世の中にしかえしをしてやっているような気分だった。ハシバさんになど、いったいわたしが何のしかえしをすることが許されているのか。それでは男はわたしに何かのしかえしをしたのだったか。自分ではわからないところで何かの因果が生まれ、因果の行き先がたまたま自分であるのだろうか。そんなことは承知できないことだ。しかし承知しても承知しなくても、ものごとは起こってしまう。起こってしまったことを、いかにしょう。

「トキコさん」ハシバさんは何度でも呼びかける。次第に目が慣れてくると、草むらが、じつは浅いものであることがわかった。じきにどこかの家の塀に突き当たる。どこまでも続く深い草むらでは、なかった。それでも夏草は、丈高くわたしの姿を隠してくれる。

「トキコさん、もう出ておいでよ」ハシバさんが言った。

「いやだ」

「しょうがない人だなあ」

「しょうがない人なのよ」草むらの中から答えた。

七面鳥のことをね、とハシバさんが始めた。七面鳥のことを、僕は思い出すよ。何かあるとね、いつも、七面鳥が僕の上に乗っかっていた、あの感じを思い出すんだよ。怖いとかうっとりするとか、言ったけど、ほんとうはそういう言葉ではあらわせない、ただ七面鳥がいるっていうだけの、暗い夜の中で、ぼんやりした光のもとで、七面鳥がいるっていう重みの、そういうものだったよ。

ハシバさんの声はやがて消え、わたしは立ち、ハシバさんは座り、草は丈高くあり、ときどき風にそよいだ。わたしもハシバさんももう何も喋らなかった。草の中で、体が、虫くらいに縮んだり、人の大きさに戻ったりするように、感じられた。空は明るく見えたが、夜明けはまだ遠いはずだった。目が、夜に慣れたのだった。ハシバさんは黙って座っている。ハシバさんへの気持ちがあふれた。あふれた直後に、ふたたび固まってしまう。蠟燭から垂れる蠟が蠟燭の根元まで行かないうちに固まってしまうように、気持ちが溶けたり固まったりしていた。夜の中で、草の中で、とめどがなくなっていた。

決心して草の中から出ていこうとしても、足が動かない。おそろしいのか。おそろしいのだろう。何をおそれるのか。それがわかっていないから、おそろしいのだろう。

「トキコさん、傷《いた》んじゃったんだね」ハシバさんがそっと言った。言われたとたんに足が動き、ハシバさんの横によろめき出た。草むらから、町中のただの狭い草むらから、やっとのことで、出た。ハシバさんは目を細め、尻を叩きながら立ち上がった。

「ナカタの伯母の家に、また行ってみたいな」ハシバさんはわたしの手をそっと握りながら、つぶやいた。

「もう、壊されてしまったかもしれないけど、それならせめて家のあった場所に行ってみたいな」ハシバさんの声が、柔らかだった。柔らかで、心ぼそい感じだった。

「トキコさんも、一緒に、行こう」言われて、わたしはこくんと頷いた。

「ナカタの地酒、うまいんだよ」

「うん」

「僕は飲んだことないけどさ、大人たちがね、あんなに顔赤くして飲んでたんだ、きっとうまいさ」

「うん」

うん、うん、としか答えられなかった。ハシバさんはいつものとりとめのない感じに戻っていた。ハシバさんもおそろしがっているのかもしれなかった。とりとめのなさが、ハシバさんのおそれのあらわれなのかもしれなかった。うん、うん、とわたしは頷きつづけ、ハシバさんはさらにとりとめがなくなってゆく。ご先祖さまがね、門からやって来るんだよ。迎え火をめざしてね。ナカタの土地では、虫をよく食ったよ。いなごだのざざ虫だの。僕は虫が食えなくてさ。トキコさん、虫はどう。トキコさん、七面鳥飼うの、やめろよ。飼うなら文鳥がいいよ。トキコさん、また酒飲みたくなってきたな。トキコさん、僕は眠たくなってきた、もう帰ろう。もう帰って、眠ろう。うん、うん、とわたしは頷いた。足は鉛のように重く、わたしもハシバさんも歩いているのにほとんど進まない。とりとめもなく、わたしたちはどこかに向かって歩いてゆく。おそろしい、おそろしい、と思いながら、どこやらに向かって、歩いてゆく。

百年

死んでからもうずいぶんになる。

サカキさんと情死するつもりだった。それなのにサカキさんは死なずに残った。

私だけ、死んだ。

死んでからは、迷ったり、念がこうじて幽霊のかたちであらわれたり、いろいろとあったが、今ではもうなんということもない。ただ、サカキさんのことを、強く思うばかりである。

サカキさんは、せんだって八十七歳で往生した。せんだってと言ったが、それからもだいぶん時間は流れたようで、今はいったいいつごろなのか。

サカキさんを知ったのは私が四十歳になってしばらくのころだった。サカキさんもたしか同じ四十歳だった。逢瀬をかさねた。そのうちにお互いの体が粘るようになってきた。粘るという言葉もおかしなものか。しかしあの当時のことを思うと、粘るという言葉がいちばんぴったりとくるのだ。サカキさんとの交歓は、それまで知ったどの人とおこなったものとも違った。おこなってもおこなっても、それでいいということにならない。ますますおこなわねばならなくなる。お互いに力が低く下っていくとしごろなのに、加減することができない。力がなくて苦しいのに、止められない。何か妙なものに乗りうつられているような心もちになることさえあった。

そうこうしているうちに、体が粘ってきた。抜きさしならなくなってきた。やがては体だけでなく心根も粘ってきた。それで、最後は、情死しなければいけないようになってしまったのである。

情死を決める少し前に、サカキさんと鮨を食べに行った。サカキさんは平素から鮨を好んだ。白身から始めて、貝、ひかりもの、ふたたび白身、あなご、と進むのがサカキさんのいつもの食べかただった。それが、そのときは違っていた。シンコの季節だった。最初に、シンコを握ってもらった。つづけてもう一回、シンコを注文した。それでも足りない、もっと握って、とサカキさんが言う。いくら季節でも、一人の客がそう多く食べてしまっては、店も困じよう。店の者を難儀させるやりかたをすることは、サカキさんのもっとも嫌うところだった。それなのに、もちょっと握ってね、とサカキさんはたたみかける。つぎつぎに、見ていて気持ち悪くなるくらいに、サカキさんはシンコを食べつづけた。

どうしたの、と私が聞くと、サカキさんはにっこりと笑い、

おまえは黙っていなさい、と言った。

いなさい、という言い方が恐ろしかった。威圧的な言い方というのでもない、普通の声で普通の口調なのに、吸いこまれるようなこわさがあった。

結局サカキさんは、店にあったシンコを食べつくした。私はサカキさんの横で、何も食べられずにただ座っていた。

シンコを食べつくしたあと、サカキさんは鯖、鰯、鯵、と、つぎつぎにひかりものばかり頼んだ。二時間ほども、サカキさんはひかりものばかりを食べつづけた。私は体を固くしてサカキさんの横に座っていた。蛸と烏賊《いか》を少し頼んだほかは、私は茶ばかり飲んでいた。サカキさんが鮨を口の中に入れて嚙む音を、私はずっと聞いていた。ひかりものが、サカキさんの口の中で嚙まれる音を、聞いていた。それから数日後に、一緒に

死のうとサカキさんに言われた。

情死を決めてから、サカキさんは会社に退職届けを出した。行き先を告げずにサカキさんは家を出た。蒸発人となったわけである。家を出たそのあしで、私の手を引いて小さな不動産屋に入った。

部屋、借りたいのです。六畳に小さな台所でもついていればそれでいいや。ああ、日当たりだけはなるべくいいほうが。

サカキさんは少しばかり投げやりな口調で、ぽつぽつと説明した。説明するサカキさんを、不動産屋の老あるじはじっと眺めていた。予算を確かめてから、不動産屋はいくつもの部屋の見取り図を紐で綴じたものを棚からおろし、サカキさんと私の目の前に広げた。指を唾で湿しては、一枚一枚ゆっくりとめくっていった。

このアパートはようございますよ。

不動産屋の発音では、アパートの「パ」は「バ」と聞こえた。

日当たりが、まず、よござんす。裏が川、表は通りをはさんで商業学校ですから、車どおりは少しばかりありますが、なに、夜は静かなもんです。新式のアバートですから、隣近所に詮索されることもありません。

詮索、と言いながら、不動産屋は咳払いをした。不動産屋の椅子に腰を落ちつけてからずっと重ねられたままの、サカキさんと私の手を一瞥した。不動産屋がちらちらと眺めるたびに私は身を縮めたが、サカキさんはぜんぜん頓着しない。サカキさんのてのひらは重かった。重く、そして、湿っていた。

そこ、見せてもらおうか。商業学校の前の。それからあと、もう何部屋か、いいの見つくろってよ。

すし屋での注文のような言い方をしながら、サカキさんは壁に掛けてある不動産免許を眺めるともなく眺めていた。私は、ガラス戸に賃貸しの条件を並べて書いて貼ってある何枚もの紙を眺めた。部屋の中から見ると、裏返しの鏡文字になるので、うまく読めない。「三畳トイレ共同・歩七分・九千」「四畳半トイレ・歩五分・新築・一万五千」などの文字をたどたどしく拾ううちに、短かった結婚のことを思い出した。

まだ二十歳になったばかりのころ、堅気の勤め人と所帯を持ったことがあった。裁縫学校に通っていた私に、近所の人が縁談を持って来たのである。話はすぐにまとまり、近所の神社で祝言が行われた。母はずいぶん以前に死んでいた。どんな支度をしていいのかもわからず、布団と身の回りのもの少しばかりを持って新居に移った。

夫は平素は真面目な人間だったが、ときおり目の光が尋常でなくなることがあった。何がきっかけなのか、私の言ったひとことで、突然猛り狂うような様子になり、擲《なぐ》ったり蹴ったりした。最初は間遠だったが、そのうちに頻繁になった。

仲人に訴えると、我慢が大事と諭された。我慢をしたが、ますます打擲《ちょうちゃく》は頻繁になるので、逃げ出した。父のところに帰れば夫に連れ戻されると思い、ひっそりと隠れて一人で身過ぎした。水商売の店に雇われたが、向いていなかった。見かねた店の主人が、店に来るお客のつてをたどってくれて、事務用品の問屋に勤めることになった。会社の女子寮に入り、以来ずっとそこに暮らした。

サカキさんに会うまで、何人かの男性と関係を持ったことはあったが、どれも長く続かなかった。おおかたの人から、あんたと居るのはつまらない、と言われた。サカキさんだけが、つまらない、と言わなかった。

なぜ私なんかと居るの。サカキさんに聞いたことがあった。

サカキさんは少し考えてから、おまえは清のような女だよ、と答えた。

きよ？

清。知らないのか。漱石の『坊っちゃん』に出てくるばあやの名前だ。

ばあや？

清は、やさしい女だよ。

そう言ってから、サカキさんは私を抱いた。交合はつねにゆるく始まったが、知らぬうちに激しくなった。もう止めよう、止めよう、と思うのに、深みに沈んでいってしまう。サカキさんの目が、そのあいだじゅう笑っているように見えるのに、からだは真剣で、いつまでも離れようとしない。


商業学校の前の、日当たりのいい六畳の部屋を借りた。女子寮で私が使っていた布団を持ってこようかと言ったら、サカキさんは笑った。

いいよ。新しく買おう、そのくらい。

でも、もったいない。

どうして。

だって。だって、すぐにどうせ。

すぐにどうせ死ぬからか？　とサカキさんは言い、もう一度笑った。

みかん箱三つばかり、行李《こうり》が一つ、破れた傘一本に、それだけは真新しい布団二組を、六畳の部屋に収め終わると、サカキさんは畳に寝そべって天井を見上げた。

のんびりするな。

サカキさんは妙にあかるく言った。

このまま、ずっとこうしていたいや。

天井を見上げながら、サカキさんは手足を伸ばし広げた。商業学校の横にあるよろず屋で買って来た手箒で、私は荷物を運びこむときに出たほこりを部屋の隅に寄せた。広げられたサカキさんの手足をよけるようにして、ほこりをせっせと掃き集めた。

掃除なんかしないでいいよ。やめなさいよ。

これだけやっちゃったらね。

掃除していると、動悸が激しくなった。妙な感情が、胸に湧いて来た。先がないはずなのに、日々のこまかな業を、いくらでも行いたくなった。

ほこりを捨ててから流しのまわりの板敷きに雑巾がけをしようとすると、サカキさんが声を大きくした。

やめなさい。

でも。

やめろ。

やめろ、という声と同時に、サカキさんの手が畳を叩いた。さきほどまでの呑気さが、すっかり失せている。それで、サカキさんは怖がっているのだということがわかった。うかつだった。私は、サカキさんの中にある恐怖に気がついていなかった。むろん、気がつかなかったのではなく、見ないようにしていただけなのだろうが。

かりそめの二人住まいの部屋での、明日からの日々の断片を組み立てている自分の馬鹿さ加減を、情けなく感じた。情けなかったが、明日からのことを、ついこまごまと思ってしまうのだった。

ここに来い、とサカキさんが言った。目が、すわっている。

雑巾を流しに置いて、寝そべっているサカキさんの横に正座した。そのとたんに手首を摑まれて、倒された。

家庭みたいなことは、やめろ。

やめろ、と言ってサカキさんは私のスカートを大きくめくった。

家庭みたいっていうわけじゃないんだけど。あらがいながら私は言った。サカキさんは私の上に馬乗りになって、私の両手を押さえつけた。

すっかり押さえつけてしまうと、サカキさんはしんとした。私の顔をじっと見ている。私もしんとしてサカキさんの顔を見た。サカキさんの顔はもともと呑気な顔なのだ。呑気にしていなくとも、呑気に見える。その時だって、サカキさんは呑気そうに見えた。呑気に私の上にまたがって、呑気に私の顔なんか眺めているように見えた。呑気な表情の中で、目だけが、すわっている。

家庭って、よく知らないのよ。私は小さな声で言った。

ああ。そうだったっけか。サカキさんは少し力の抜けた声で答えた。

サカキさんの奥さんて、掃除好きなの?

まあ、ふつうだ。

いつもはサカキさんの家のことは聞かないようにつとめていた。サカキさんもほとんど喋らなかった。写真も見たことがない。二人いるサカキさんの子供は、小学校三年生と二年生の年子である。母親似で、上の子供は本が好き、下の子供は将来電車の運転手になりたいと思っている。サカキさんよりも五歳年下の奥さんは、近所の人に和裁を教えている。晴れた日曜日には、家族で連れ立って、近所の丘に弁当を持って登る。夕方に市場に行き、値下げ品をいくらか買い込み、夕飯は、寒い季節ならば市場で買った精進揚げをのせたうどん、暑い季節ならば、これも市場で買ったてんぷらを添えたもりそば。

聞かないようにつとめていても、これだけのことをすらすらと思い浮かべることができる。ちらりとでも聞いたことは、漏れなく脳の中にしまいこまれ、ふくらんでゆく。サカキさんと添うことは一生ないと思い定めていた。それが、いつの間にか情死することになってしまっていた。私が誘ったのではない。

馬乗りをやめて、サカキさんはふたたび畳に寝そべった。目を閉じている。サカキさんは、じきに眠ってしまった。風邪ひきますよ、とゆすっても、起きない。真新しい布団をサカキさんに掛けた。しばらくサカキさんの横に座ってサカキさんを眺めていた。日が暮れて、部屋の中が暗くなってきた。じっと眺めていると、まえぶれなく突然に、サカキさんは目をひらいた。

夢見てた。怖い夢だった。サカキさんが言った。

どんな夢。
おぼえてない。怖い夢だ。
そう。そうなの。
助けてくれ。
どうしたらいいの。
わからない。助けてくれ。
ねえ、死ぬよりも、死んだつもりでどこかに逃げたらどうかしら。
同じだよ。
同じかしら。
どこに行っても同じだよ。
サカキさんの目が、またすわっている。
勝手気儘したら、気が晴れて、死にたくなくなるかもしれないわよ。
勝手気儘してるよ、もう。
たいして勝手気儘してないじゃない。
勝手気儘だ。たいがいのものを捨てて平気だって決めたときから、じゅうぶん勝手気儘だ。

いつ、サカキさんが「たいがいのもの」を捨てると決めたのか、知らなかった。知らぬ間に決め、知らぬ間に抜きさしならぬところに迷いこんでしまったらしい。すっかり決めてしまってから、サカキさんは死のうと言いだしたのだ。

私は、死ぬのは、いやだった。しかし、死なないで生きていくことにも、さほど執着はなかった。それで、死んでもいいわよ一緒に、と答えたのだ。やさしい女だ、とサカキさんは言う。やさしいということでもないのだ。やさしみではない。やさしみではないとしたら、何だろうか。かんたんなものだろう。いちばん、かんたんで、造作ないものだろう。造作ないことしか、私にはできない。

今ならまだまだ戻れるのに、と、ときどき私は言ってみることがあった。

どこに。

奥さんとかそういうところに。

言ってみたが、いちおう、言ってみただけだった。戻ってしまうと、困ったことになると思っていた。ただし、サカキさんが戻ってしまっても、ほんとうはかまわなかった。どちらでもかまわなかったのだ。何かのつじつまあわせのように、言っていただけだった。

もう疲れた。

サカキさんはしばしば言った。

もう疲れた。早く死のう。

疲れた、と言いながら、結局サカキさんは生き残ってしまった。生き残り、「奥さんとかそういうところ」へと戻り、八十七歳の生涯を立派にまっとうした。私だけが死んだ。怨んでいるわけではない。ただ、私だけが死んでしまった、と思うばかりだ。


ひと月ほど、日当たりのいい六畳の部屋にサカキさんと二人、暮らした。

夕方になると、近所の小さな飲み屋に行き、二人でビール一本に酒三合を飲んだ。いつも最初に注文するのは煮込みだった。一週間ほど通ううちに、何も言わないでも、まずビールと煮込みが出てくるようになった。

うまいよ、ここの煮込みは。食べるたびに、サカキさんは言ったものだった。

もうすぐ死んでしまうと思っていたからおいしく感じたのか、しんじつおいしい煮込みだったのか、今でもわからない。死んでずいぶんになるが、そのときの煮込みの味を、いまだに思い出すことができる。それでも、わからない。

少し酔って、川のほとりを歩いた。部屋に帰って、交合した。ほかにすることもなかったので、何回でも交合した。疲れると、話をした。どうかすると、サカキさんはねばっこくからんできた。

今までの男のことをはなしなさい。

そんなふうに言うことがあった。先がないから、ほんとうのことを言ってもかまわないかと思い、そのまま正直に話した。たいした話もないが、それでもサカキさんは嫉妬した。

俺よりその男のほうがよかったんだろう、ええ。

ねばっこい口調でサカキさんは言った。言いながら、前ぶれもなく挿入して来ることもあった。なにやら、芝居じみていた。わざと芝居じみたことをしているような感じがあった。

もうすぐ死ぬのだから、芝居じみでもしなければ、恥ずかしくてしかたなかったのだろうか。死んでから、サカキさんにそのことを訊ねたいと思いついたが、死んでしまったので、もう訊ねることはできなかった。

いろいろ相談して、部屋では死なないことに決めた。不動産屋に迷惑がかかるのが申し訳ないと思ったのだ。年のいった不動産屋だったし、保証人についても、うるさいことを言わないでいてくれた。

薬は手に入らない。近くの上水に飛び込むことも考えたが、昔と違って水量が足りないし流れも遅い。死にきれないだろう。

自殺の名所といわれる場所で定石どおり、という案に決まりそうになったが、サカキさんが最後になってぐずぐず言いはじめた。

死ぬことも、めんどうだな。

そうかしら。

具体的な相談をする段になると、私のほうが乗り気になっていた。サカキさんは生返事ばかりするようになっていた。うん。ああ。そうだな。まあいいよ。

結局、日本海に面した崖から海に落ちることに決まった。切符も宿も私が手配した。最後だから、いい宿に泊まりましょう。私が言うと、サカキさんはうすら笑いを浮かべた。うすら笑いを浮かべ、近所の古本屋で買ってきた猥本をめくるともなくめくりながら、いい宿に泊まってうまいもん食ってすぐさま死ぬわけだな、などと言った。

支線に乗り換え、海が間近に迫っている駅で降りた。サカキさんは妻子に宛てた手紙を、私は不動産屋に宛てた、無断で部屋を引き払ったことを謝る手紙を、それぞれ小さなポストに投函した。

断崖まで手をつないで歩いた。風が強かった。頭の中はからっぽだった。それまでの境涯が走馬灯のように浮かぶものなのかと思っていたが、何も思わなかった。サカキさんのほうを見ると、これがまた呑気な顔をしていた。いつもどおりの、呑気な顔だった。呑気な顔の中の、目だけが、情死を決めて以来ずっとそうなように、すわっていた。

こわくないか。

そうでもないみたい。

俺は、こわいよ。

お願いがあるの。

なんだ。

もし私だけ死んでサカキさんが助かっちゃったら、私の骨をサカキさんの入るはずのお墓の近くに埋めて。

ばかだな。

サカキさんはつないでいた手をはずして私の正面にまわり、強く抱きしめた。

ばかだな。おまえほんとうに清そっくりだな。

きよ?

前に言ったろう、漱石の。

どうして清なの。

『坊っちゃん後生だから清が死んだら坊っちゃんの御寺に埋めてください。御墓の中で坊っちゃんの来るのを楽しみに待っております』って言うんだよ、清が死ぬ前日に、坊っちゃんに向かって。

サカキさんはこの最後に至って感じ入っている様子だった。私は清とは違うのに、重ねて、感じ入っている。

死ぬときが一緒なんだから、墓なんかどうでもいい。

そう言いながら、サカキさんはふたたび私を強く抱きしめた。私は手をだらりとさせたまま、つっ立っていた。

ねえ。死にたくない。私は言ってみた。

ほんとうは、そう思っていなかった。死ぬつもりだった。最後にきて、はっきりわかった。私は、いつだって、生きていたくもなかったのだ。ただ今まで、死ぬということを思いつかなかっただけだったのだ。

それは、困る。サカキさんが少し青ざめた顔で言った。

どうして。

ここまで来たんだ。死のう。一緒に、死のう。

サカキさんは私が一緒でないと死ねないのだ、と思った。一人で死ねないのなら、死ぬこともないのに。そう思ったが、私はもうすっかり死ぬ気になっていた。

それじゃあ、一緒に死にましょうか。ことさらにやさしく、言った。ほんとうは、サカキさんは死なないほうがいいわよ、と言ってあげなければならなかったのだ。しかし言わなかった。われながら狡い、と思ったが、次の瞬間、サカキさんに手をひっぱられて私は海に落ちていった。

サカキさんは助かった。漁船に引き上げられた。私は水底の岩に当たって、即死した。

なぜサカキさんが助かって私だけ死んだのだか、最初のうちは腑に落ちなかった。サカキさんは死んではいけないと最後の瞬間思ったのに、やはり結果が出てしまうと、腑に落ちない。

サカキさんは、迎えにきた妻子に守られるようにして、家に帰った。手厚い看護を受け、ひと月後には回復し、何ごともなかったように元の生活に戻った。離婚もせず、子供も普通に育った。私の命日には、日本海の方角に向かって、長い時間手をあわせた。

死んでしまってから、生きていたころのことを思うようになった。

サカキさんのまわりを、いつも漂った。

生きているサカキさんが不思議だった。自分だけ死んで、サカキさんは生きているのが不思議だった。死ぬと、何もなくなる。からっぽである。それを死ぬ前には知らなかった。私は、生きていることが嬉しくなかったので、かんたんに死んだ。サカキさんはなぜ死ぬつもりになったのだろう。考えれば考えるほどわからなくなる。死んだあとも人の頭の中は覗けないから、いくらサカキさんのまわりを漂っても、わからない。

死んで、からっぽになったのだから、こうして考えていることもほんとうにはないことなのかもしれない。

しょっちゅう、サカキさんを強く思う。死んでいるのに、強く思う。生きているときは、サカキさんへの思いは、もっとあわあわとしていた。死んでしまった今よりも、よほどあわあわとしていた。

サカキさんは八十七歳で死んだ。死んでから私のところに来るかと思っていたが、来なかった。死んだとたんに、サカキさんというものは、すっかりなくなってしまった。たいがいの人は、死ぬとすっかりなくなるものらしい。私のようなのは、めったにない。サカキさんが死んでから、留まるところがなくなって、不安になった。

不安が高じると、サカキさんのことをますます強く思う。サカキさんが死んでからずいぶんになるのに、まだ私はサカキさんのことを思っている。サカキさんという人がいたのかいなかったのか、わからなくなることさえあるのに、強い思いだけがある。

そうやって、百年が過ぎた。

サカキさんとの間にあった粘るものも、百年たった今では思い出すこともできなくなっているのに、サカキさんへの強い思いだけが残っている。

どうしたらいいのか、わからない。次の百年がたっても、その次の百年がたっても、私はサカキさんを思っているのだろうか。生きているころは、サカキさんとはただ袖を触れ合って、たまたま一緒に死のうとしたのだと思っていたが、こんなことになってしまった。

清のようだね、というサカキさんの言葉をときどき思い出す。清は、ほんとうに墓の中で、坊っちゃんを待ったのだろうか。サカキさんは、待っていた私のところへは来なかった。百年が過ぎたが、何も変わらない。死んでしまったので、もう何も、変わらない。

神虫

青銅の、虫を、くれたのが始まりだった。

ウチダさんが、くれた。てのひらに載るほどの箱を、送ってきた。なにかしらんとふたを開けると、詰まっていたおがくずがふわりと盛り上がった。おがくずを取りのけたところから出てきたのが、薄紙に包まれた青銅の虫だった。

手紙もなにも、ついていない。数日後に電話があり、

「虫どうですか」とウチダさんが聞いた。

「どうもこうも」答えると、

「あなたにさしあげたかった」とだけ、言う。

困惑して黙ると、ウチダさんも黙った。そんな始まりだったが、二カ月もたたぬうちに情を交わすようになり、じきにウチダさん無しでは夜も日も明けぬようになった。

昼に整然と仕事先で立ち働き、夜に部屋でウチダさんを待ち受ける毎日となった。ウチダさんが玄関の錠をまわす音をいまかいまかと待ち受けながら、鍋には臓物と香草を常に煮立てた。

「精がつく」とウチダさんに教えられた。繰り返し料るうちに、臓物の匂いの消しかたもおぼえた。とろりと煮込んだ胃袋やら腸やらを、二人向かい合って、真面目に食べた。習い事の下稽古をするように、真剣に精をつけた。

精をつけた甲斐あってか、ウチダさんの情交はねばり強かった。またいっぽうで、受けてたつわたしもなかなかに執拗なのであった。

「こりゃ凄い」ウチダさんはしばしば言った。

「凄いものねえ」そのたびにわたしも答えた。

こんなに凄いものはそうそう長続きするものではないと、ときおり感じた。臓物を煮たりお互いの体に手練手管をほどこしあったりするのに忙しい合間に、頭で思うのではない、皮膚のどこかしらで、感じた。

「ウチダさん、こわいよ」と、そのようなとき、わたしは告げた。

「こわいさこわいさ」ウチダさんは答える。

「どうしよう」聞くと、

「どうしようか、どうしようもない」と言って、ウチダさんはふたたび挑みかかってくる。薄い笑いを浮かべながら、挑みかかってくる。

しかたない、挑みかかられればきり返さねばなるまい。夜のあいだじゅう、挑んでは返し、返しては挑むことが繰り返され、しまいにくたぶれ果てて深く昏い眠りにひきずりこまれるまで、離れることができなかった。


「なぜ、虫なんか」と、あるとき訊ねた。

「あなたがね、虫に似てる」

そんなあ、と口の中でつぶやくと、ウチダさんはその口にさっそく接吻してきた。長い接吻である。てのひらをわたしの背中から尻へ、尻からあしへ這わせながら、ウチダさんは接吻をつづける。浅く深く、深く浅く、しまいに舌がしびれたようになっても、ウチダさんは接吻をやめない。時計を横目でうかがうと、接吻を始めてからゆうに二十分はたっていた。ウチダさんもときおり時計をうかがっている。

「もういいよ」ようやくくちびるをひきはがして言うと、ウチダさんはわたしの頰を両

手ではさみ、

「もっと」と請うた。

「もういい」答えると、

「もっとだ」ウチダさんは言い、ふたたび接吻する。ようやく終えるのはさらに十分ほども過ぎたころである。

「親の仇みたいに」と言うと、ウチダさんはいつものように薄く笑った。笑いながら、

「あなたはいつも虫みたいな表情で、それが気に入った。気に入ったんで、送りつけてやった」などとうそぶく。

青銅の虫は、どこぞの外国の遺跡から出土したもので、ウチダさんの祖父の秘蔵の品だった。祖父亡きあとは可愛がられた孫のウチダさんに伝わり、後生大事に持っていた。それをかんたんにくれてやる気になったのだから、よほどのことだ。

「よほどのことったって」言い返すと、

「ほらほらその顔が虫」と、かぶせられた。いまいましくなってウチダさんにむしゃぶりついていった。ウチダさんを押し倒し、馬乗りになり、服をひきはがした。ウチダさんは薄笑いをしながら、なすがままになっている。ウチダさんの悦楽のためではない、

わたしの悦楽のためだけにおこなってやろうと、得手勝手に動いた。ウチダさんは下で眉をしかめはじめた。目をつぶって、せつなそうな表情になっている。表情を見ているうちに、いとおしくなってきた。ウチダさんを可愛がってやれという心もちになった。

「虫なんて、やめてよ」言いながら、ウチダさんを可愛がった。

「もっとだ、もっと、そうしてくれ」ウチダさんが、甘い声をあげる。

いったい自分は何をしているのだろう、と合間に思いながら、ウチダさんを可愛がった。この男と、夜の夜中に、虫なんどと言われながら、このような妙ないとなみを、何の因果で、と、皮膚のどこかで感じながら、根をかぎりに、可愛がった。

からだの、心の、ということはない。どちらがどちらというのではないのだ。

そのことを、ウチダさんと情を交わすようになってから、知った。

このひととはからだばかり、と思いこんでいた取っつきのころだったか、舐めていた飴玉が口からころがり出てしまうように、

「アイシテルンデス」と言ってしまったことがあった。

きわまりの直前に、知らずに口から出てきた。愛しているという意味もよく判らない

のに、天然自然にアイシテルンデスとついて出た。こんなこと言ってるよ、と頭の中で思う自身があって、それでも口からはぽろぽろとアイシテルンデスが出てきた。

いっぽうのウチダさんはといえば、

「そうかそうか」と答えながら、懸命にわたしの体を左見右見《とみこうみ》していた。ウチダさんの口からはアイシテルンデスなどというものは出てこない。いつものように、腕時計をはめたままの手を、わたしの首にまわしながら、全き様子で没入している。

「ウチダさん、腕時計のカチカチカチカチが聞こえる」など言っても、全き状態のウチダさんには届かない。秒針の刻む音がわたしをこころぼそくさせる。今こうして二人つながっているのに、二人いっしょではないような心もちにさせる。

「ねえ」呼びかけると、ウチダさんは目を開いた。

「過ぎていっちゃうよ」訴えると、大のまなこをますますみひらき、わたしを眺めた。

「なにが、過ぎる」

「今が、過ぎる」

「そりゃあ過ぎるさ、あなた」

あさましい姿勢をとりながら、ウチダさんと問答した。問答しているうちは二人だ、と安心するところがあった。

「過ぎて、かえってこない」

「またやめぐってくるよ」

「もうめぐってこないかもしれない」

「そしたら違うものがめぐってくるよ」

「違うものはさびしい」

「さびしくないものがくるよ、くるさ、それよりあなたいきなさい、ほら、ほら、いきたくなってきたでしょう」

ウチダさんはふたたび集中する。またもや親の仇みたいな様子になってくる。わたしも律儀にウチダさんの親の仇にひきずられる。ひきずられて、汲々とする。二人して、専一汲々の様相となる。

汲々とすればするほど、二人いっしょではなくなる。二人で協同しているのに、ひとりびとりである。鋳物をつくる中子《なかご》と雌型《めがた》のようなものだ。ウチダさんとわたしの間の隙間にひとつの型をつくりあげるために、ウチダさんという内側を充塡しわたしという外側を用いる。またはウチダさんという外側を用いわたしという内側を充塡するのか。

どちらともつかぬ、ともかく充填し用いあってできてくるのは、ウチダさんでもないわたしでもない、そのあわいに生まれでてくるところの形象である。それはもしや青銅の虫のようなものかもしれぬ、いやしかしそのような判然の形象ではなかろう。判然ではない形象をつくりあげつつ、わたしたちはひとりびとりで、且つ協同しあう。

「カチカチカチが、聞こえるよ」

「いきなさい、いきたいんだろう、ね」ウチダさんは即物的に言う。

「どこに、いけばいいの」

「あのへん。あのへんの、遠くみたいな近くみたいな」

「ウチダさん、アイシテルンデス」

それで、わたしはきわまってしまう。精をつけて、切磋琢磨して、きわまりに導きあおうと邁進《まいしん》して、結果、きわまる。

はればれとしたみちすじだ。はればれとしているはずなのに、アイシテルンデスなどというものがとび出してくる。ひとりびとりであることや、過ぎていってしまうことが、さびしくなる。はればれとしないものが、いくらでも湧きあふれてくる。妙だ。

「ウチダさんは、今、どんななの」腕に抱かれながら、わたしは聞いた。

「どんなって、どんなでもないよ」

「どんなでもないのって、どんななの」

「知らんよ」

「知らないの、そうなの」

使い果たした腰や足が、痛い。足をウチダさんにからませて、もう一度アイシテルンデスと言ってみたが、アイシテルンデスについては、あいかわらずわからない。ウチダさんは盛大に眠りほうけはじめた。

「ウチダさん、起きてよ」

言いつつ、ウチダさんのものに触れるとそれは少しふくらんだが、すう、すう、というウチダさんの寝息とともに、かんたんにしぼんでしまった。せんないようなにくたらしいような心もちになって、わたしも、じきに寝入った。


日は過ぎる。

過ぎていったって、どうということないのに、ウチダさんと濃密な時間を持っているときには、過ぎることをじっとかんがみてしまったりするのが、不思議だ。

仕事先に、ツバキさんというひとがいた。ツバキさんとは以前に数回情を通じたことがあったが、それきりになっていた。ツバキさんは書画骨董に詳しい。あるときふと青銅の虫のことを漏らしたら、是非に見てみたいものだと言う。ウチダさんにもらった虫だが、自分の身につく品ではないという気がしている。ツバキさんに見せるにしても、ウチダさんの了解を取らねばなるまい。虫の由来縁起など聞かれても答えられぬ。それならばウチダさんとツバキさんとわたしの三人、虫を囲んで食事でも、ということになった。何かの差し障りがあるようにも思い、気が進まなかったが、ツバキさんが熱心に勧めるので、断れなかった。

ツバキさんが昵懇《じっこん》にしている小体《こてい》な料理屋の二階部屋へ、急な階段をのぼっていくと、すでにツバキさんはビールの瓶を開けて煙草なんぞふかしながら、あぐらをかきネクタイをゆるめていた。

「遅くなりました」

「はじめまして」

わたしとウチダさんが言うのが同時で、するとツバキさんは膝をそろえ、頭を軽く下げた。馴染んだ様子で、ツバキさんが店のひとに酒や肴を頼む。刺身や煮物がいくつも出てくるころには、ウチダさんとツバキさんは意気投合していた。わたしの所在がない。ウチダさんとわたしが並び、ツバキさんはウチダさんの正面に陣どった。ツバキさんが銅製の像全般について語り、ウチダさんはさかんに相槌を打つ。次にはツバキさんが青銅の虫を下から横から眺め、ウチダさんが虫のでどころを説明する。わたしは酒ばかり飲んでいた。視界がときおり揺らいだ。

「甲虫ですかな」ツバキさんが聞いた。

「そんなもんでしょうか」ウチダさんは答えた。

「虫といえば」ツバキさんが、くちびるを舌で湿しながら、始めた。酒が全身にまわり、胸苦しくなっていた。ツバキさんの声が少し遠い。時間が前後するような感じになっている。

「神虫というものがいるそうで」

「じんちゅう？」ウチダさんが聞き返した。

「八本の足を持つ、巨大な虫でね」ツバキさんの声がいやに大きく聞こえたり、次の瞬間にはひどく聞きづらくなったりする。ツバキさんは神虫について、こんな話をした。

どこぞの地方の、南方の山に、一匹の虫が棲んでいる。鬼を喰らう虫である。八本ある足のそれぞれには、大いなる爪を持つ。その爪でむんずと鬼をひっつかみ、頭からばりばりと喰らうのである。朝に三千、夕べに三百の鬼を、捉える。大きく開かれた虫の口には鋭い歯が並び、喰らった鬼の血を浴びてくちのへりはつねに真紅に染まっている。

「それはまた物凄い」ウチダさんはまなこを見開いて、感心の様子を示した。

「物凄い形相でね、この虫が」ツバキさんは愉快そうにつづける。

「益虫でしょ、いわば」とウチダさん。

「益虫といえばそうかもしれない、でも鬼よりよっぽどおそろしい顔をしている」とツバキさん。

ウチダさんが、卓の下に隠れているわたしの膝に触れた。わたしがびく、とすると、さりげないふうに、さらに強く触れてきた。払うこともできず、ウチダさんに触れられるままになっていた。その間にも、神虫が、とツバキさんの話はつづく。

神虫が捉えて喰らう鬼はそんなに多いのに、鬼が絶えるということがない。食べ尽くすということがない。あとからあとから、湧きだしてくる。くる日もくる日も、神虫はその鋭い爪で幾千もの鬼をひっとらえては喰らわねばならぬ。倦むということはないのか、飽くということはないのか、山の中に一匹、喰らわれる鬼も難儀だろうが、神虫も大儀なことである。

「不死なんですかね、その虫は」ウチダさんは訊ねた。ウチダさんの手が、わたしの膝を割って奥に入りこんでくる。何回か、払いのけようとしたが、周到に入りこんでくる。

「たぶんね、この世のものではないし」ツバキさんが答えた。ツバキさんの視線は、卓の上に注がれている。注がれているちょうどその下では、ウチダさんの手がわたしの膝を割っているのだ。ツバキさんの視線は、卓を通してウチダさんの手の在り処を見透かしているかのごとく、じっと一点に集まっていた。

「喰われた鬼は、どうなるんですか」ウチダさんが気持ちよさそうに聞いた。わたしの肌が粟だっている。自分が気持ちいいんだか、おぞけをふるっているんだか、どちらなんだかよくわからない。

「されこうべが、神虫のまわりには多く散らばっている。喰われたあとは残骸となり、晒《さら》されて、朽ちていくばかりでしょう」ツバキさんは言い、杯を口に運んだ。

「清らかなもんですなあ」ようやくわたしの膝から手を離し、ウチダさんは杯を上げながら答えた。

「清らか、ですか」ツバキさんが少しばかり驚き、それから二人は杯を打ちつけあった。

清らかなのか。清らかということがわからなかった。わたしはただ、こわく思った。

「こわい話」しばらくしてから、口に出して、わたしは言った。

「どこがこわいのさ」ウチダさんは笑いを浮かべたまま、聞いた。もう帰りましょう、と言いそうになるのを、ようやくのことでこらえた。

「こわいじゃないの」

「こわくないよ」

「わたしだって、きっとその虫に喰われるようなものなんだわ」

「むろんだよ、ぼくらだって、喰われる」ウチダさんはツバキさんに向かって、同意を求めるように、まなこを大きく開いた。ツバキさんが首を縦に振って、ウチダさんの言葉をうべなった。

「そんなものに喰われたくないわよ」

「喰われるのも、いいさ。清らかなものさ」ウチダさんは言った。ツバキさんと二人で声をあわせて笑う。空気がびりびりとしていた。二人で笑っているのに、電気が通じているように、空気がびりびりとしている。ウチダさんのくれた青銅の虫は、卓上にちんまりと静まっていた。ときおりツバキさんが虫をそっと撫でる。

「ウチダさん、この虫、僕にゆずってくださいよ」ツバキさんが言った。ふたたび酔いがまわってきて、わたしは動悸が激しかった。

「いやですよ」ウチダさんは笑い顔のまま答えた。

「気に入ってるんだけれどなあ」ツバキさんはゆるりとした口調で言う。次の瞬間、ツバキさんの足が、わたしの膝に触れた。さきほど、ウチダさんが触れていたのと同じところである。ツバキさんとは、決してアイシテルンデスにはならなかった。数回の、ごく普通の交情のあいだじゅう、わたしはしんとしていた。落ちついて、はればれとしていた。余計なものは、何もついてこなかった。ウチダさんの手を、わたしはそっと握り、膝へと導いた。ツバキさんはすぐに察して、ウチダさんの手がツバキさんの足に感づく前に、足を離した。ツバキさんの表情が、一瞬変わった。何かの感情がふくれあがり、水を湛えた瓶から水が溢れだす瞬間のごとく、感情が溢れだそうとしていた。けれどもその感情は溢れださなかった。それゆえに、ツバキさんから溢れようとしたのが怒りなのか恐れなのか哀しみなのか満足なのか、遂にわからなかった。

何してるんだろう、と突然思った。何してるんだっけ、と突然ふたしかになった。今がどこでウチダさんが誰でツバキさんが何だったか。酔いがまわったのだろうか。

「帰りましょう」わたしが言うと、ウチダさんもツバキさんも、ゆっくりと頷いた。階段を下りざま、ツバキさんが耳打ちしてきた。

「三人で、したい」

驚いて見上げたが、ツバキさんは何の表情も浮かべていなかった。そのままわたしを追い越し、すいと下っていってしまった。辻でツバキさんと別れてから、ウチダさんの腕にからだを強く押しつけた。

「こわいよ」ふたたび訴えると、ウチダさんは静かな声で、

「なぜ」と聞いた。答えずに、わたしがますますからだを押しつけると、ウチダさんは、「大丈夫さ」と言った。

「大丈夫じゃないかもしれない」返すと、

「大丈夫じゃないなら、まあ、それまでだ」と答える。

ウチダさんをアイシテルンデス、と言うと、ウチダさんは笑って、

「部屋に行って、これからしようか」と言った。しようしよう、たくさんしよう。わたしは唱和した。酔いが、深かった。どうやって部屋に帰ったか、その後の覚えがない。

三人で、したい。

ツバキさんのその声が、ときおりよみがえる。あいかわらずウチダさんとは濃い情を交わしあっていた。からだが馴染んできて、おこなっていることは派手派手しいのに、水のような感じがある。長つづきするものではないと、いつぞやは思っていたのに、このままつづいていきそうな心もちになってくる。

「こうしてみよう」とウチダさんに言われ、

「それならこうでは」と返し、協同しあう。そのとき、以前のようなひとりびとりという感覚がなくなっていた。かといって、二人という感覚もない。これが、進むということなのか、退くということなのか、どちらとも知らぬ。知らぬと意識することすら少ない。ただときおり、

「三人で、したい」という声が浮かぶのである。

空恐ろしい、と自身を持て余していた。

ウチダさんに告げれば、あんがいかんたんに、

「してもいいよ」と頷くかもしれない。

頷かれては、困る。頷かれてしまったが最後、三人で、することになってしまう。せ

っかくアイシテルンデス、に辿りついたというのに、三人は、困る。持ちきれない。それなのに、わたしはいつしかウチダさんにツバキさんの言葉を打ち明けてしまうのである。

「三人、ですか」ウチダさんはまなこをいつもよりさらに大きく見開いた。

「ごめんなさい」いそいで、わたしは言った。

「わたしが、三人で、したい、と思ったのでもなくて」

ウチダさんは黙っていた。ひやひやする、沈黙だった。

重いものをひきずるような音が、窓の外から聞こえてくる。

「ただ、そう、言われたもんで」しどろもどろである。

「虫ですか、あなたは、ほんとうの」おそろしい声だった。ウチダさんの、どこにそんな声が隠されていたのか。見くびっていたのだろうか。

「虫は、三人で、しない」妙な言い訳をした。言い訳にもなっていない。

アイシテルンデス、と言いたいのに、言えなかった。肝心なときに言えないのは、なぜだろう。湧きあふれていた、はればれとしない、しかしひどくいとおしいような、アイシテルンデスが、どこかに沈んで見えなくなってしまっている。

「ウチダさん、平気なんだと思ってた」

「なにが平気なんだ」

「だから、いつも無造作だったし」

「あなたは、馬鹿か」

殴《ぶ》たれる、と思ったが、ウチダさんは何もしなかった。そのかわりに、

「どうりで虫みたいな顔をしてるんですね、あなたは」などと、静かに言う。

外の音が、少し高くなった。鳴き声も聞こえる。鴉だろうか。鴉が、何か大きなものをひきずっているのだろうか。ツバキさんのからだを、ふと思い出した。三人で、という言葉を耳打ちされたときにもぜんぜん思い浮かべなかったのに、ウチダさんになじられて、くっきりと思い出してしまった。なんとあさましいことなのか。ウチダさんとおこなっている最中にウチダさんとのおこないをあさましいと思ったこともあるが、あれはあさましいものではなかった。ただ真面目におこなっていることは、あさましくもなんともない。それならいっそ、アイシテルンデスという言葉のほうが、ずいぶんとあさましい。アイシテルンデスという言葉を臆面もなく湧きあふれさせるわたしという容れものが、ずいぶんとあさましい。

「ツバキくんとは、長いのか」

「ちがう」

ウチダさんは、思い違いをしている。今はもう、ツバキさんとはなんでもない、以前だってほとんどどうということはなかった。そう説明しようとするが、なぜだか、できない。ウチダさん、アイシテルンデス。それだけのことが、言えなくなっている。ただし、ウチダさんとこのまま駄目になってしまうのだろうかと思うそばから、そんなはずはないと安気に思う自分もいる。それもなにか虫じみていた。ウチダさんの言うとおりなのである。

「ツバキさんとは、関係ない」

ようやく、言った。

関係ないと言い終えてしまうと、三人で、したい、と言ったツバキさんの言葉も、ほんとうのことだったのか、わからなくなる。わたしが、わたし自身が、浮かべた言葉だったのかもしれぬ。

外の音が大きくなってくる。ますます大きくなってくる。

「音が」わたしがつぶやくと、ウチダさんはカーテンを開けた。

「何もないよ、音なんかしない」

　窓の外には何もなかった。鴉もいない。車も通らぬ。人の姿もない。曇り空で、電柱や道に敷かれたアスファルトがしらじらと見えた。何もないのに、まだ音が聞こえる。罠にはまってしまったような心もちだった。ツバキさんが仕掛けた罠か。違う。ウチダさんの仕掛けた罠か。違う。それでは自分で仕掛けたのか。違う。

「ね、しようよ」しまいに、ウチダさんを、誘ってみた。

　するはずがない、こんなときに、と思ったが、誘ってみた。誘えば誘うほど罠に深く入っていくばかりなのに、誘った。

　ウチダさんは黙りこんでいる。精をつけようよ、臓物がいいんだぜ、と陽気に言っていたウチダさんだのに、陰々と黙りこんでいる。

「神虫に、喰らわれてしまった鬼の、残骸でない部分は、どうなるのかね」

　しばらくしてから、ウチダさんが低い声で問うた。

「さあ」

「糞になって、虫の尻からひりだされるのかね」

「知らない」

いつかウチダさんが、知らんよ、と言ったことがあった。わたしが、過ぎてしまうことごとを惜しみながら、ウチダさんは今どんななのと、聞いたのだった。そのときにウチダさんは、知らんよ、と言ったのだ。どこかで掛けちがってしまった。今はわたしが、知らない、などと言っている。

外の音が、大きい。神虫でもいるんだろうか。鬼を、その鋭い爪でむんずと摑み、頭からばりばりとうち喰らっているのだろうか。

「ウチダさん」

呼びかけても、ウチダさんは背を向けっぱなしだ。

前にまわって、ウチダさんのズボンを脱がせ、下着も脱がせ、さからわないので、そのままほどこした。いつかのように、自分の悦楽のためにほどこすのではなく、ウチダさんだけの悦楽のために、必死になってほどこした。

ウチダさんは不興がっているくせに、ウチダさんのものは不興がっていなかった。常よりももっと悦楽をむさぼっている。

ウチダさんだって、虫みたいなもんではないか。神虫ではない、ただの青銅の虫みたいなもんではないかと、うそさむい心もちになった。うそさむかったが、安堵もしていた。安堵をしていたが、こわくもあった。こわかったが、どうでもよくもあった。

ウチダさんに誠心誠意ほどこしながら、ウチダさんもわたしも、そしてたぶんツバキさんも、虫みたいなもんだと思った。神虫ではない。神虫に喰われるその鬼が喰うような、ただのそこらへんの、虫だ。

「青銅の、虫を、くれたのが始まりだったね」

ほどこしながらウチダさんに言うと、ウチダさんはいつものように、薄く笑った。

「始まりだったたな」そう答え、しかたなしのような様子で、笑った。

ウチダさんがいとおしかった。可愛かった。そして、どうでもよかった。

さびしい。とてもさびしい。臓物をますます煮なければ、毎晩、ますます煮なければ。

これからさきに、何がめぐってくるにしろ、ずっと煮つづけなければ。

思いながら、ウチダさんにまたがって、一心不乱にほどこした。窓の外では、神虫が、大音声をあげながら鬼三千を喰らっている。清らかに、一心不乱に、喰らっている。

無明

「羊羹を、厚く切りすぎるよおまえは」とトウタさんが言うので、笑った。

「厚くったって、いいじゃありませんか」私が答えると、トウタさんはしばらく首をかしげていたが、

「まあ、そうだな」と、つぶやいた。トウタさんは竹の小さなへらで、羊羹をていねいに切り、口にはこんだ。それから、濃いめに淹《い》れた茶をすすった。

「甘いな」

「そりゃあ羊羹だから」

「昔は、こんなに甘くなかった」

「昔って、どの昔ですよ」

「どの昔もこの昔も」

トウタさんと私が連れ添ってからじき五百年ほどにもなろうから、昔といったって、どのあたりを指すんだか不明なのが道理だ。よほどのことがないと、どの昔なのか、つきつめたりしない。

「行きましょうか、羊羹食べたら」

「今日はどこ行くかな」

「さあ」

トウタさんが休みなので、湖にでも行こうかと、昨晩話していた。この十数年間、トウタさんは個人タクシーの運転手をしている。車の免許は、五十年ほど前に取った。そのときから運転しているので、もうずいぶんと熟練した。トウタさんは運転が好きだ。休日にはタクシーのメーターを倒したままにして、私を連れてあちこちに遊山《ゆさん》に行く。時代時代に流行を追ったり新奇なものを試してみたりしてきたが、その中でも車の運転はことに飽かず続いている。事故には、二回あった。トウタさんがタクシーの運転手になるより以前のことである。一回目の事故では、伊豆の山奥の崖から車が落ちて、トウタさんがつぶれた車の鉄板にはさまれた。ガードレールのない、舗装もしていない山道をトウタさんがおもしろがって走ったのが、いけなかった。二回目は高速道路での横転事故で、このときは私がガラスを突き破って道路に放り出され、後続の大型トラックに轢《ひ》かれた。居眠り運転の対向車が中央分離帯を越えてきたものを避けての事故だったので、こちらはトウタさんのせいではない。どちらも死亡事故だったが、トウタさんも私も実際には死なない。いったん死んだように見えても、じきになんでもなくなる。トウタさんも、私も、所以《ゆえん》あって不死のものになってしまった。所以には、おそらく妄執だの因縁だの愛欲だのがからんでいるはずだが、事の起こりが五百年以上も前のこととて、しかとは覚えていない。二人して不死のものとして永らえなければならないことを、覚えているばかりである。

道はすいていた。今にも雨が来そうなあんばいで、どうかすると前後を走る車が一台もいなくなる。

「あのときは、夜でしたっけ」と問うと、トウタさんは煙草に火をつけながら、

「あのときって、事故の」と聞き返した。

「この高速道路じゃなかったかしら」

「まだここが開通して間もないころだったかな」

「たしか、そうでした」

トウタさんは窓ガラスを少し開けて、煙を追いやる。暖かな車の空気の中に煙は混じりこみ、なかなか出ていかない。助手席の窓ガラスも少し開けると、ようやく空気が流れた。冷たいものが、耳から頬のあたりを通りすぎる。トウタさんは一本だけ吸いおわり、正面に向いたまま灰皿を引き出し、ていねいにもみ消した。

「猫が、いましたよ」

「猫?」

窓ガラスを突き破って飛び出たところは、路側帯ぎりぎりの場所だった。飛び出したとたんにトラックの下に入ってしまったのだが、その刹那、周囲のすべてのものが視界に固定され、しばらくの間くっきりと残った。道路に入ったこまかな亀裂。ごく近くで見ると面に凹凸がある路上の白線。白線の上を歩いている小さな蜘蛛。ライトを反射するおびただしい数のガラス片。どこかのトラックから落ちたらしい濡れたダンボールの切れはし。中央分離帯に植えられている灌木の葉を走る葉脈。トウタさんの開いた口の奥にある扁桃腺《へんとうせん》。猫は、路側帯のきわ、高速道路を囲む金属の塀のあしもとに、いた。ライトに照らされ長くのびている猫の姿は、気持ち良く寝そべるかたちをとっていた。

手足をのばし、目を閉じ、笑ったような口もと。寝ているのではなく死んでいるのだとわかったのは、自分がトラックに轢かれているさなかだった。あれは、死んだものだ。まっとうしたものだ。わかった瞬間、猫を憎んだ。往生することができた猫を、限りいっぱい憎んだ。

「どうやって猫が高速道路なんかに上がったんだか、ねえ」

「そんなもの、いたかね」

「三毛でしたよ」

「見なかったなあ」

「いましたよ」

「いたかね」

「いましたよ」

「見なかったなあ」

「いましたよ」

車はとどこおりなく滑らかに走ってゆく。フロントガラスに雨粒がときどき当たる。降るのか降らぬのか決めかねているような当たりかたである。湖西出口という標識が見えたところで、トウタさんは車の速度を落とした。左ウインカーを出してギアを低く入れ替える。道路が湾曲しからだが遠心力を受ける。最初に遠心力というものを受けたのはいつだったか。そのころは遠心力という言葉もなくて、私が「身が片側に寄りますわねトウタさま」と言うと、「寄るな」とトウタさんが答えたものだった。そういえば、いつの間にかトウタさま、という呼びかたもしなくなっている。トウタさん、と呼びはじめたのは、今世紀に入ってからだったか前世紀の終わりごろからだったか。

湖畔に、ベンチの置いてある広場が見えた。弁当そろそろ食べるか、とトウタさんがハンドルにもたれながら聞いたが、私はまだ空腹ではなかった。出がけに食べた羊羹が、腹にもたれていた。

「もうちょっとしてから」

「そうか、おまえがまだなら、俺もまだいいよ」

「トウタさんだけでも、めしあがったらいかがですか」

「一人で食うのもつまらないさ」

不死になった所以をぜんぜん覚えていない、というのも嘘で、わずかに記憶もあるのだ。姦通の類だった。通じてはならぬあいだがらだったが、トウタさんと私は隠れて情を通じあってしまった。どちらかの連れあいだか、それとも両方の連れあいだったかもしれない、その者らが激しい悋気《りんき》を発し、もののけあやかしの類に変じて二人を呪った。親族郎党もよってたかって引き離そうとする。山奥に隠れても、森にひそんでも、どこまでも追ってくる。人の姿の郎党は刀を持って切り殺そうとするし、あやかしの姿になった連れあいは巻きついたりのしかかったりして縊《くび》り殺そうとする。逃げに逃げたが、しまいに、この世では結ばれぬと観念した。覚えていないのはその後で、観念した後みずから死のうとしたのか、それとも行き着くところまでは逃げようとしたのか。霧がかかっている。気がついてみるとトウタさんと私はただ二人になっていた。身辺でざわめいていた者どももやあやかしたちの気配もすいと消え、見たこともない場所に佇んでいた。時代がどのくらいたったのかもわからぬ、ただ二人、しんと、立っていたのだ。

「だから厚すぎるって言ったろう」

「え」

「羊羹がさ」トウタさんは正面を向いたまま、笑いをふくんだ口調で言った。

「だってて」

「気前よすぎだ」

「でも」

「口答えしない」

「はい」

道は湖畔を大きく巡り、湖にせまる山に一部入りこんでいる。雨は止んでいた。湖の上の雲が一部切れて、湖面に冬の光が射している。山の中を走っているときに湖を見下ろすと、光が射しているあたりに白鳥が何羽も浮かんでいるのが見えた。白の群れの中にときおり黒が混じっている。

「白鳥がいますよ」

「ほう」

「ほら、あそこ、あの光が射しているあたり」

「運転中は見られないって何回言ってもわからないのかおまえは」トウタさんは、今度は声に出して笑った。

「でも」

「事故にあうよ」

「あったって、いいじゃないですか」

「まあ、いいがね」

まあいいがね、と言いはしたが、トウタさんは湖のほうを見ようとはしなかった。慎重に運転を続ける。そういえば、どんな白鳥もどんな空の色もどんな山もどんな川もどんな人の様も、たいがいは見つくしてきたのだ。私はじっと遠い白鳥をみつめた。トウタさんは運転を続ける。

道が二つに分かれている。以前このあたりに来たときにはなかった分かれ道である。新しい道の先には、小さな美術館があるらしかった。

「行くか」

「行きましょうか」

どちらからともなく言った。トウタさんは湖から離れる新しい道へ車を進めた。窓ガラスをほんの少しおろすと、寒風がびゅんと吹き込んだ。緑のものの匂いが、した。二月なのに、まみどりの木々の匂いが、かすかに漂ってくる。

「春が近いんでしたっけ」トウタさんに聞くと、トウタさんは少しの間考えてから、「そりゃもう睦月なんだから、春さ」と答えた。睦月、という言葉を私はうまく思い出せなかった。百年ちょっとしかたっていないのに、今の暦にすっかりなじんでいる。なじむのは、いつでも速い。

「梅が咲きますね」

「梅林にでも、行くか、来週は」

「行きましょうか」

梅林の近くに住んだことがあった。暖かな、海に近い土地だった。子を産んで育てたころである。男の子と、女の子を、いくたりも産んで育てた。戦いのない時代で、暮らしやすかった。何回か地震や火事や飢饉があったが、子も孫も育った。しかし子も孫も曾孫も玄孫《やしゃご》も老いてやがて死んだ。トウタさんと私だけが不死である。身の内から出でたものがやがて朽ちていくのを見るのは、せつなくおそろしいことだった。それで、子は産まなくなった。ただし、産まないからといって、交わりはやめられない。トウタさんと私は執念《しゅうね》き仲ゆえ不死になったのだから、子を産まずとも交わらねばならなかった。夜毎日毎、交わりながら、これはまるで六道の一なのではないかと、疑った。しかしそれも百年ほど以前までのことだ。いつからか、交わらずとも済むようになっていた。どのようなからくりなのか、トウタさんのからだが利かなくなった。不死の内にも異変は起こるらしかった。

「梅の香は、降ってくるでしょう」

「降るかね」

「ほんの少し上のほうからね、降ってきますよ」

「いいことを言うね」

「あらあらほめられたわ」

道沿いに、美術館が現れた。こぢんまりとした、林に囲まれた茶色い建物である。古美術の類が多く飾られてあった。トウタさんも私もまだ生まれ出ていないくらい昔につくられた壺もあったし、二人が不死のものになる前、ごくあたりまえの人だった時代に焼かれただろう皿小鉢も、あった。

「なつかしいねえ」トウタさんがこぶりの鉢を指さして、言った。

「なつかしいですか」

「昔はさ、ああいう、ゆがんだ器だったろう、みんな」

「そういえば」

「古びてるなあ」

「古びてますね、ほんとに」

「いい味のものに育ちあがってるじゃないか」

「私たちと同じくらい永らえてるんですね」

「俺たちよりもずっと上等さ」

「そうですか」

「俺たちはそのまま変わらない」

「変わってますよ」

「ほとんど変わっちゃいないさ」

トウタさんはガラスに額をくっつけるようにして、置かれてある器物を眺めていた。私はざっと館内を一巡りした後、喫煙所に行って煙草を数本すった。なかなか帰って来ないので見に行くと、トウタさんはまだガラスにひっついて皿を見つめていた。皿には大きな罅《ひび》が入っており、漆と金でついであった。千鳥の文様がさらさらと描かれている。

「きれいなもんだなあ」

「ほんとに」

「こんなものを人がつくるんだなあ」

「そうですね」

「つくっては死んでくんだなあ」

「そうですね」

「腹が減ったな」

美術館を出ると横手にあずまやがあったので、車の中から魔法瓶と弁当を持ってきた。塩むすびに玉子焼き、芋を煮たものに青菜、焼いた鮭に玄米茶。いつもの菜である。ゆっくりと、道を走る車を眺めながら、食べた。トウタさんも私も、黙って食べた。蜂が一匹、あずまやの柱をゆっくりと伝い歩いてゆく。薄日が差して、羽がゆらゆらと光った。トウタさんはしばらく蜂を眺めていた。放心したような顔つきで、眺めていた。突然、トウタさんは弁当の折り詰めの経木で、素早く蜂をつぶした。

「そんな」と私が言うと、

「悪かった」とトウタさんは答えたが、放心は元に戻っていない。トウタさんはときどきこんなふうになる。私が瞬間激しく何ものかを憎むのと、同じことなのだろう。トウタさんの腰に手を回して、抱きしめた。トウタさんの頭を撫でた。ゆっくりと、繰り返し、撫でた。トウタさんはため息をついた。呼吸と同時にため息をつく。すー、ふうう。

すー、ふぅう。すー、ふぅう。何回でも、飽かず、つく。自分でため息をついていることを知らないのかもしれない。蜂は、つぶされて、経木にへばりついていた。経木を振ると、蜂はぽとりと地面に落ちた。私はいつまでもトウタさんの頭を撫で、トウタさんはいつまでもため息をついていた。ため息をつきながら、トウタさんは地面に落ちた蜂を靴のつまさきで、もてあそんだ。

車に乗って、湖に戻った。風が強くなっていた。落葉樹が何本もかたまっている場所で、トウタさんは車を止めた。

「降りようか」

「寒いわよ」

「寒くてもいいさ」

「コートを着るわ」

「いいから、降りなさい」

コートを着る暇もなく、車の鍵をかけられてしまった。しばらく歩いてから振り返ると、オレンジ色のタクシーの車体が湖畔にさむざむとあるのが、木の枝越しに見えた。

トウタさんはどんどん歩いてゆく。

「どこ行くの」

「水ぎわまで」

「日がかげって来たわよ」

「いいさ」

「寒いわ」

「二月だもの、寒いさそりゃ」

樹木が途切れて少しひらけた場所に着くと、ようやくトウタさんは立ち止まった。振り返ったが、車は木々に遮られて、見えない。道路のほうからも私たちの姿が見えない、ということになろうか。トウタさんは水に手を浸したり水平線を眺めたりしていたが、やがて「おいで」と呼びかけた。

横に行くと、トウタさんは私の手を握って、「おまえがいとおしい」と言った。驚いてトウタさんの顔を見上げたが、ごくまっとうな顔つきである。

「どうしたの」

「どうもしない」

「何か、してほしいことがあるの？」

トウタさんは、こくんと頷いた。

「何を、してほしいの」私が聞いたが、トウタさんはしばらく黙っている。

「何でも、いたしますよ」重ねて言うと、トウタさんは、

「一人で、して下さい」と答えた。

「え」

「俺はできないから、一人で、してみてほしい」

この場所で、湖のほとりで、自慰をおこなってほしい。見たいから。トウタさんは乾いた口調で、頼んだ。

「百年ほどそういうことしてないから、忘れちゃったわよ」笑いながら私は言ったが、トウタさんは真面目な表情を崩さない。

愛だの執着だの、とうに忘れてしまったようにも思うが、からだのどこか奥に、何かが残っている。どうかお願いだからここで、おこなってみてほしい。おまえが、おこなうところが、見たい。トウタさんは静かに、しかし熱意をこめて請うた。

あんまり請われるので、仕方なく上着を脱いだ。それ以上脱ぐと風邪をひきそうだっ

たので、ブラウスはつけたまま、スカートもはいたままでいた。ブラウスの裾をスカートから出し、片手を入れて乳首をさわった。自分の指の冷たさにびくりとした。もう片方の手はスカートの中に入れ、下着の上からさわった。何も感じなかった。寒かったし、誰か来るかもしれないと気がせいてもいる。それでも、トウタさんが熱心に見てくれるので、眉を寄せて少し呻いたりした。呻きかたも、忘れていた。どういう音色の声を出すんだか、からだが覚えていない。

「いいか」とトウタさんは訊ねた。初めて女の裸を見た少年のような声だ。

「いいです」と答えたが、やはりどうも感じない。

「俺が、ほしいか」

かすれた声で「ええ」と答えたが、こんな声だったろうか、違う、しかしトウタさんは気にかけない様子だった。そのうちにトウタさんが私の乳首をさわりはじめた。トウタさんの指のほうが、いくらかあたたかい。少し、気持ちよくなった。及ぶまではまだだが、声が、自然に出るようになった。

「いい声だな、おまえの声は」

ああ、という自分の声が自分の外から聞こえる。こんなふうだったか。こういうことのためにトウタさんとひそかに情を通じ、終いには不死のものに成り果ててしまったのか。トウタさんは私の声に聞き入っている。ぜんぜん及びそうになかったが、トウタさんがあんまり安らかに聞き入っているので、次第に声を高くしていき、最後に「いきます」と小さく結んだ。しばらく間をおいてから、ブラウスの裾をスカートにたくしこみ、いそいで上着をつけた。

「さむい」と言うと、トウタさんは、

「ありがとう」と頭を下げた。私の肩に手をまわして、抱き寄せた。抱き寄せられたまま、一緒に歩いた。車に戻り、トウタさんは運転席に、私は助手席に座って、しばらく二人で湖の上にある夕日を眺めた。白鳥が何羽か、湖の上を飛び回っていた。

「おまえ、ほんとはいかなかったろう」

夕日が、沈もうとしていた。沈みはじめると、速い。赤く熟したような円の、下方が水平線にかかったと思っているうちに、半円になり、帽子のてっぺんほどになり、最後は赤い線がかんたんに水平線の向こうに消えてしまった。トウタさんはエンジンをかけて、室内灯をともした。

「よく、わかりましたね」

「わかるに決まってるじゃないか」

「忘れちゃいましたよ、やりかたを」

「俺は、忘れてない」

「練習しないといけませんね、私は」

「また、二人でできるようにためしてみるか」

「そうですねえ」

「まあ、どっちでもいいんだが」

「そうですねえ」

室内灯の暗い光の下で見ると、トウタさんの鼻毛が伸びているのが目立った。横顔の、隆とした鼻の先から、鼻毛が何本もはみだしている。明るいところで見るよりもよくわかるのが不思議である。

「トウタさん、はさみ、ありますか」

「何するんだ」

「いいから」

ダッシュボードの奥からトウタさんが出してくれた小さな鋏は、あまりよく切れなかった。トウタさんをひざ枕にして、上からかがみこんで鼻毛を切ろうとしたが、暗いし狭いしで、うまくいかない。そのうえ鋏の切れあじが悪い。

トウタさんの立派な小鼻をきゅっと押さえ、自然にはみだしているのよりももっと長く鼻毛をはみださせて、鋏で切った。柔らかく疎《まば》らそうに見えるが、鼻毛というものはこれであんがい固いし、密生している。切るときのてごたえは、かなりのものだ。

「難しい」

「突然、どうした」

「切ってみたくなったの」

「はじめてだな」

「そういえば、鼻毛を切ってさしあげたことはなかったですね」

「はじめてのことっていうのは、珍しいな」

「難しいです」

「はさみが、悪いんだろう」

トウタさんは私の手から鋏を取り上げ、自分で小鼻を押さえ、はみだした余分の毛を器用に切りとり、ティッシュペーパーに落とした。うまいものだった。こんなところで、トウタさんが鼻毛を切るのを見ているなあと、ぼんやり考えた。五百年前の、あれやこれやが、ほんの少し思い出されたが、おぼろだった。

「いつ、死ぬんでしょう」

「死ぬって」

「私たちが」

「いつかは、だろう」

「でも」

「なに、人というものがこの世からいなくなれば、俺たちだって永らえることはできまい」

「そうでしょうか」

「そうだろう」

あまり確信が持てないまま、私はこくんと頷いた。トウタさんから鋏を取り返して、ふたたびトウタさんの鼻毛を切ってみた。前よりももう少し上手になっている。調子にのって切りつづけていたら、トウタさんの皮膚を傷つけてしまった。血が、薄くにじむ。

外はまっくらである。鴉が、鳴き立てている。さきほどよりも、室内灯が明るく感じられる。

「ねえ」とトウタさんに呼びかけた。

「なんだ」

「帰りますか」

「もう少し、したらな」

「もう、暗いですよ」

「あと少しだ」

「あと少しって、もう五百年たっちゃいましたよ」

「五百年くらい、すぐ過ぎるさ」

「そうですか」

「そうだよ」

「そうですか」

「しずかだな」

鴉がうるさいが、トウタさんの耳には届いていないのだろうか。室内はますます明るくなる。タクシーの車体ぜんたいが発光しているように思えた。トウタさんの鼻の血が盛り上がって、粒になっている。ねえ、とふたたび呼びかけたが、トウタさんは眠ってしまっていた。ふうう、とため息のような呼吸をして、眠っている。トツタさんの鼻毛を包んだティッシュペーパーを、てのひらの中で丸めながら、湖をじっと眺めた。暗くて、何も見えない。白鳥も、水面も、何も見えなかった。

解説　つまらない女が飼う

種村季弘

川上弘美の人物たちはよく食べる。「さやさや」ならむやみに蝦蛄《しゃこ》を食べる。「百年」なら寿司屋のおやじが困ってしまうほど立てつづけにシンコばかりを食べつづける。後者の場合は心中の前のヤケ食いのようなものだからわからないこともない。けれどもどうも、お腹《なか》が空いたから、旬《しゅん》でおいしそうだから、といった現実的動機があって、その結果、食べる、というのではないらしい。

むやみに食べる。それなら食べることを楽しんでいるのかというと、そうとも思えない。むしろ偏執的に蝦蛄なら蝦蛄にのめりこむ。蝦蛄を食べることで蝦蛄以外のあれこれを忘れられる、それから逃げられる、とでもいうように蝦蛄食いにしがみつく。

強いて動機はといえば恐怖だろう。ほかの何かを直視するのが怖くて蝦蛄食いに逃げているのである。ヤドカリが宿主の貝殻にもぐりこむみたいに、恐怖のあまり真っ蒼な顔をして蝦蛄にもぐりこむ。こういう殻の硬い甲殻類は外部からの力におい それとは潰されない。どうだ、まんまと逃げおおせたぞ。

しかし、そうかな。そううまく逃げられるかな。

そういえば川上弘美の男女たちはいつも逃げている。カケオチとかミチユキとか、わけありのお二人さんとかいった、おきまりの構図で逃げあるいている。近松門左衛門の心中物の道行き、といってしまえば、それらしくもある。「無明」という小説の、死んでから五百年経ってまだ逃げつづけている二人組なんぞは、近松の時代よりずっと前から逃げている。かと思うと、つい今の今から逃げはじめる新米逃亡者もいる。

逃げるといって、何から、どこから、逃げるのか。やましいところの一点だにない、明るい、清潔な光のみなぎる世間から。それはいうまでもない。では、その世間から逃げてどこへ行くのか。光のみなぎる世間の裏、下、外、つまりは世間でないところへ、なのであるらしい。

蝦蛄を山ほど食いおわったお二人さんは、「人家もなくなり電信柱も稀になった」夜道をどんどん歩いて行く。「道は途切れない。正面の闇の中に山が見えるような気もするが、錯覚かもしれない。」

あるいはオクラとめざしとホルモン焼きかなにかでいっぱい飲んで、お店の外へ出て歩きはじめると、「夜が、暗い。こんなに暗い土地だったろうか。」（「七面鳥が」）

ひとまずはそんな暗い土地に入りこんで行く。でもこれは序の口にすぎない。その向こうには、行きずりの不動産屋でみかけた「四畳半トイレ・歩五分・新築・一万五千」のアパートとか、知らない土地の十分おきにぐらぐらゆれる線路沿いの部屋があって、さらにその先は高速道路の横転事故でオシャカになったり、日本海の自殺名所からの飛び降りで一巻の終わりの末期がある。逃亡のさい果ての死の世界が待っている。

これだけを見ていると、なるほど、暗い。しかしそうやっている当事者は、けっこう、おもしろそうにも見える。世間の義務や責任から逃亡したのだからヒマがありあまっている。で、真っ昼間からそれ一間しかない安アパートの日当たりのいい六畳間で溺レる。アイヨクに溺レる。でも、溺レる、のは、子供を産んで育てるための性行為ではなく、むやみに食べまくるのと同じく逃げている過程での性交だから、恐怖のあまり溺レるにしがみついているので、はれがましいものではない。

ところがその、ちっともはれがましくない悦楽の闇のなかに花が咲く瞬間がある。縛られて落ちる時の悦楽、というと、ああああれかと相槌が返ってきそうだし、実際、「可哀相」や「亀が鳴く」という作品にはそれらしい場面も出てくる。しかし今いいたいのはそういうことではない。見た目には明るい世間の裏に入って、その裏から世間の明るさとそっくりでいてまるでちがう光明の世界に出てしまった瞬間とでもいおうか。

もう帰れない。それはわかっている。しかし帰れないなかでこんな会話を交わしている。

「コマキさん、もう帰れないよ、きっと」

「帰れないかな」

「帰れないなぼくは」

「それじゃ、帰らなければいい」

「君は帰るの」

「帰らない」

モウリさんといつまでも一緒に逃げるの。

その言葉は言わないで、モウリさんに身を寄せた。モウリさんは小学生みたいになって泣いていた。(「溺レる」)

もう帰れなくなった永久逃亡中の場所は、つまりは「小学生」が泣いている・笑っている空間なのである。別の短編にも、遊園地の観覧車を下りると(ビールの大缶二本は別として)、フランクフルト、おでん、ポップコーンを買い食いして、あとメリーゴーランドとジェットコースターに乗り、お化け屋敷に入り、射的でかえるの人形を三個取り、やきそばを食べる、というのがある。(「可哀相」)

蝦蛄やシンコを執念ぶかく食うのとはちょっとちがう。恐怖で食べているのとはちがう。

そうかといってホテルでお食事というのともちがう。そちらのほうへ行けば、それは「帰る」のと同じになる。そうなればキャリア・ウーマンの愛人や団地妻の奥さんに高級ブランドずくめの衣裳なりを身に着けさせてからのお出ましになり、それだけの甲斐性がないか、そんなこんなでもうへとへとになったから逃げているのだから、道行きの身としてはそんなのは逆行もはなはだしい。

小学生の遊ぶ場所はあっけらかんと明るい。暗くても明るい。おしっこがしたくなるとそこらの夜の道ばたの草むらに入り、「スカートを腰までめくりあげ」、したばきを下ろす。はじめはさすがになかなか出ないが、「出はじめると、とめどなく出た。さやさやいう音をたてて、雨と一緒に葉をぬらした。」(「さやさや」)

駄菓子を食い、遊園地ではしゃぎまわり、野原で用を足す。初潮前の女の子のようだ。溺レる、とか、アイヨク、とか、いったところで、早い話が子供のお医者さんごっこだ。髪の毛をひっぱったり、つねったり、こづき合ったり、お股を開かせたり。痛くするとか、されたいというのも、幼児性欲的な多形倒錯の世界に近い。性的葛藤のない幼年時代に退行して行きたい。それが「逃げる」の意味なのだろう。大人であること、大人になることから逃げたい。逃げていたい。

「さやさや」の子供の頃の居候だった叔父さんがそうだ。移動という意味では別に逃げてはいない。家にごろごろしている。ときたまガバとはね起きると、いい年をして子供たちを集めて「訓練」とやらをほどこしたり、誇大妄想的事業計画をうそぶく。でも情熱が場違いなので、何をやらしてもダメの生活無能力者。その底無しの生活無能力の上に居座って、一歩も動かずに逃げているといえば逃げている。

そういう人物と一緒にいれば気が立たないから安らかに過ごせる。しかし時間は容赦なく経過し、あちらもこちらもいつまでも昔のままではいない。と、手近に似たような男がいる。これをくわえこむ。識閾下に流れる叔父と過ごした時間と現在の男と過ごしている時間を重ねて、それが貝のようにぴったり合わさる瞬間に耳をそばだてる。二つの時間はなかなか一致しない。いまかいまか。出そうで出ないおしっこを我慢している時間の持続に似ている。

絶頂に達しそうでまだこないアレだってそうだ。とうとうきた。でもくるまでのもどかしさが小説の時間、きてしまったら小説の時間はおしまい。倒叙法でイッテしまってから後の、死の世界から話がはじまる場合もある。それはそれでここにくるまでのもどかしさを語っている。一気にイッテしまうのではおもしろくない。はぐらかしたり、すねたり、じらしたり、横道にそれたり、それなりの技巧を尽くした上でイクのである。

すこし視点を変えよう。どの物語も、女のほうから逃げようと男を誘ったわけではない。男が誘った。どんな女をか。美人ややり手の女か。それだと逃げる相手にはならない。美人ややり手は現実世界の強者だから、今いる場所に留まりつづけるし、男をもそちらの世界に縛りつけるだろう。そちらの世界から切れて一緒に逃げてくれそうな女といえば、ずばり「つまらない女」にかぎる。すなわちダメ女、女流生活無能力者。「百年」の女主人公は「何人かの男性と関係を持ったことはあったが……おおかたの人から、あんたと居るのはつまらない、と言われた」そうだし、「亀が鳴く」の女も、男が帰ってきても「部屋の中の電気はついておらず、畳にじっと座ったり寝そべったりしたまま、本を読むわけでもなく仕事をするわけでもなくものを食べるわけでもなく、いちにち茫然と過ごして」いるのだという。彼女が水槽に飼っている亀そっくりの無為無能。

いくらなんでも男は愛想を尽かして出て行く。彼のつもりではこんな女を亀のように飼っている自分がアホらしく思えたのだ。女は男と別れてやり、亀を飼いつづける。男はしかし帰ってくるだろう。この部屋にではなくても、これと似た、つまらない女が住んでいる部屋に。こういう部屋は、外見こそ逃避行中のお二人さんのかりそめの宿と見えて、ありようは分割された「妣《はは》ノ国」の一区画だからだ。いったんそこにまぎれこみ、ヨモツヘグイを食ってしまったら、もう帰れない。

女はそれを知っている。男は逃げたが、逃げた方角がまちがっている。ここへ逃げてくるのが逃げるということだ。まもなく気がついて戻ってくるだろう。そうしたらまた亀を飼うように飼ってあげる。

姒ノ国から目立たない疑似餌のように見え隠れしている「つまらない女」に引っかかったら最後、もう帰れないのである。つまらない女を甘く見てはいけない。彼女を安上がりに飼えるなどと思ったら心得ちがいもはなはだしい。彼女のほうが魔女キルケーのように男を豚や亀に変えて飼っているのだ。これまでも、これからも。それに気がついたときにはもう遅い。幸か不幸か、これは小説のなかの出来事であり、また小説という出来事である。ここらで引き返すか、それともここまできたのだからいっそ溺レてしまうか、それはまあ御用とお急ぎでない読者各位のおぼしめし次第。人生と同じことです。

（評論家）

単行本　一九九九年八月　文藝春秋刊

文春文庫

溺《おぼ》レる

定価はカバーに
表示してあります

2002年9月10日　第1刷
2019年4月25日　第15刷

著　者　川《かわ》上《かみ》弘《ひろ》美《み》
発行者　花田朋子
発行所　株式会社 文藝春秋

東京都千代田区紀尾井町3-23　〒102-8008
TEL 03・3265・1211㈹
文藝春秋ホームページ　http://www.bunshun.co.jp

落丁、乱丁本は、お手数ですが小社製作部宛お送り下さい。送料小社負担でお取替致します。

印刷製本・凸版印刷

Printed in Japan
ISBN978-4-16-763102-4

文春文庫　最新刊